ALBERT PIGASSE

JE NE SUIS
PAS COUPABLE

Agatha Christie

JE NE SUIS PAS COUPABLE

Traduction nouvelle d'Elise Champon

Librairie des Champs-Élysées

Ce roman a paru sous le titre original :

SAD CYPRESS

À Peter et Peggy McLeod

Va, va, ô mort,
Et sous ces tristes cyprès laisse-moi reposer ;
Envole-toi, souffle, envole-toi !
Une beauté cruelle m'assassine.
Mon blanc linceul, tout brodé d'ifs,
Ô, tends-le-moi ;
Mort, ô mort, nul jamais avec toi
Plus loyal ne sut se montrer.

Shakespeare

PROLOGUE

– Elinor Katharine Carlisle, vous êtes accusée du meurtre commis sur la personne de Mary Gerrard le 27 juillet dernier. Plaidez-vous coupable ou non coupable ?

Elinor Carlisle se tenait très droite, la tête haute. Elle avait un ravissant visage au modelé délicat, des yeux d'un bleu profond, des cheveux noirs. Ses sourcils, épilés selon les derniers canons de la mode, dessinaient une ligne mince.

Le silence se fit, un silence presque palpable.

Le désarroi envahit sir Edwin Bulmer, avocat de la défense.

« Seigneur, pensa-t-il, elle va plaider coupable... Ses nerfs ont craqué. »

Elinor Carlisle ouvrit la bouche :

– Non coupable, déclara-t-elle.

L'avocat de la défense s'affaissa contre son dossier et, avec le sentiment d'avoir frôlé de peu la catastrophe, se passa un mouchoir sur le front.

Sir Samuel Attenbury s'était levé pour l'exposé des faits :

– Votre Honneur, messieurs les jurés, le 27 juillet, à 3 heures et demie de l'après-midi, Mary Gerrard est morte à Hunterbury Hall, Maidensford...

Sa voix coulait, ample, agréable. Bercée par elle, comme anesthésiée, Elinor ne saisissait de l'exposé simple et concis que quelques bribes au hasard.

– ...affaire particulièrement simple qui ne laisse pas de place au doute...

– ...L'accusation se fait fort... prouver l'existence du mobile, de l'occasion et du moyen...

– ...Personne, à notre connaissance – personne, hormis l'accusée –, n'avait de raison de tuer la malheureuse Mary Gerrard...

– ...Une jeune fille charmante, aimée de tous, à qui l'on eût vainement cherché, semble-t-il, un seul ennemi au monde...

Mary, Mary Gerrard! Comme cela semblait loin. Irréel, même...

– ...Les points suivants, en particulier, retiendront votre attention :

1) De quels moyens, de quelle occasion l'accusée a-t-elle disposé pour administrer le poison ?

2) Quel mobile avait-elle d'agir ainsi ?

» J'appellerai des témoins à la barre qui vous permettront de vous déterminer nettement sur ces questions...

» ...En ce qui concerne l'empoisonnement de Mary Gerrard, je m'efforcerai de vous démontrer que personne, à l'exception de l'accusée, *n'a eu tout à la fois l'occasion et le moyen de commettre ce crime...*

Elinor se sentait prisonnière d'une brume opaque que seuls traversaient quelques mots isolés.

– ...Sandwiches...

– ...Beurre de poisson...

– ...Maison vide...

Des mots qui perçaient sa torpeur comme autant de petits coups d'épingle dans un voile cotonneux.

Le tribunal. Des visages. Des rangées et des rangées de visages ! Et, parmi tous ces visages, là, une invraisemblable moustache noire, un regard aigu : Hercule Poirot, la tête penchée de côté, l'observait, pensif.

« Il essaie de comprendre pourquoi j'ai fait ça, songea-t-elle. Il essaie de pénétrer mon *cerveau* pour savoir ce que j'ai pensé, ce que j'ai éprouvé... »

Éprouvé... ? Un vague trouble... un choc léger... Le visage de Roddy... son cher visage, grand nez, bouche sensible... Roddy ! Toujours Roddy... toujours, aussi loin que remonte sa mémoire... Hunterbury... les framboises... la garenne... le ruisseau. Roddy... Roddy... Roddy...

D'autres visages ! Miss O'Brien, l'infirmière, lèvres entrouvertes, bonne bouille tachée de son tendue par l'attention. Miss Hopkins, l'infirmière visiteuse, l'air vertueux – vertueux et implacable. Le visage de Peter Lord... Peter Lord... si bon, si perspicace, si... si *rassurant* ! Mais il avait l'air... comment dire ?... *égaré*. Oui... égaré ! Préoccupé... terriblement préoccupé par toute cette histoire ! Alors qu'elle-même, le premier rôle, s'en souciait comme d'une guigne !

Elle était là, calme et froide, au banc des prévenus, accusée de meurtre. Elle était au tribunal.

Un déclic se produisit. L'épais brouillard qui l'enveloppait se leva, s'effilocha. Au tribunal !... Les *gens*...

Des gens qui se penchaient en avant, menton pendant, regard avide fixé sur elle avec un horrible plaisir macabre – des gens qui écoutaient avec une sorte de lente, de cruelle délectation, ce que cet homme de haute taille et au nez en bec d'aigle disait d'elle.

– Dans cette affaire, les faits sont à la fois d'une clarté aveuglante et parfaitement incontestables. Je me contenterai donc de vous les exposer avec un maximum de simplicité. Au commencement...

« Au commencement... Quel commencement ? pensa Elinor. Ah, oui ! Le jour où cette affreuse lettre anonyme est arrivée ! C'est là que tout a commencé... »

PREMIÈRE PARTIE

1

Une lettre anonyme !

Elinor la tenait à la main et ne pouvait en détacher son regard. C'était la première fois qu'elle recevait une abomination pareille. De quoi vous donner la nausée. Gribouillée sur un papier rose de mauvaise qualité, truffée de fautes d'orthographe, elle disait :

C'est Histoire de vous prévenir.

Je diré pas de Nom, mais y'a Quelqu'un qui laiche les botes à vot' Tante et si vous faite pas atention Tout Vous Filera Sous le Nez. Les Filles ça sait y faire et les Vieilles elles se laissent prendre quand des Jeunesses y font du Boniment et Plein de Mamours. Je vous prévien vous feriez mieu de venir voir Vous-Mème se qui Se Passe par ici. Ça serait pas juste que le Jeune Monsieur et vous soyent Plumés. Et elle est Maligne comme Pas Deux et la Vieille peu Claquer n'importe quant.

Quelqu'un qui vous veut du Bien.

Les sourcils froncés de dégoût, Elinor examinait toujours la lettre lorsque la porte s'ouvrit. La domestique annonça « Mr Welman » et Roddy entra.

Roddy ! Chaque fois qu'elle le voyait, Elinor ressentait un léger vertige, un frisson de plaisir qu'elle s'obligeait à réprimer, car il était évident que Roddy, même s'il l'aimait, n'éprouvait pas pour elle le quart de ce qu'elle éprouvait pour lui. Sa seule présence l'atteignait, lui poignait le cœur presque à lui faire mal. Quelle absurdité qu'un garçon ordinaire – oui, tout ce qu'il y a d'ordinaire – ait un tel pouvoir ! Que sa vue vous fasse tourner la tête, que sa voix, rien qu'un instant, vous mette au bord des larmes... L'amour aurait dû être une émotion agréable, pas cette violence, cette douleur...

Elle était sûre d'une chose : il fallait faire très, très attention de paraître désinvolte. Les hommes n'aiment pas qu'on soit en adoration. Pas Roddy, en tout cas.

Elle opta pour le ton léger :

– Bonjour, Roddy !

Il répondit de même :

– Bonjour, chérie. Tu as l'air bien tragique ! C'est une facture ?

Elinor secoua la tête.

– Ah bon ! j'aurais cru, poursuivit Roddy sur le même ton enjoué. La Saint-Jean, tu sais, quand les fées se mettent à danser et les factures à pleuvoir...

– C'est répugnant. C'est une lettre anonyme.

Roddy plissa le front. Son visage frémissant se figea instantanément. Sa voix exprima un écœurement de bon aloi :

– Non !

– C'est répugnant, répéta Elinor.

Elle fit un pas vers son bureau :

– Je crois que je ferais mieux de la déchirer.

Elle aurait pu le faire – elle le fit presque – tant Roddy et les lettres anonymes appartenaient à deux mondes étrangers. Elle aurait pu jeter la lettre et n'y plus penser. Il ne l'en aurait pas empêchée. La délicatesse l'emportait chez lui sur la curiosité.

Mais, dans un élan, Elinor en décida autrement :

– Il vaudrait peut-être mieux que tu la lises d'abord. Ensuite, nous la brûlerons. Il s'agit de tante Laura.

Roddy haussa les sourcils :

– Tante Laura ?

Il prit la lettre, la lut, eut une expression de dégoût et la lui rendit.

— Oui, dit-il. À brûler sans hésiter ! Avec les êtres humains, on peut vraiment s'attendre à tout !

Elinor semblait dubitative :

— Une des domestiques, tu crois ?

— Oui, sans doute... (Il hésita.) Moi, ce que je me demande, c'est qui... qui peut bien être la fille en question.

Elinor eut l'air songeur :

— Il doit s'agir de Mary Gerrard.

Roddy fronça les sourcils. Il tentait de rassembler ses souvenirs :

— Mary Gerrard ? Qui est-ce ?

— La fille de la loge. La fille des gardiens. Tu l'as connue quand elle était petite, rappelle-toi. Tante Laura l'aime beaucoup, elle s'en est toujours occupée. Elle lui a payé ses études et lui a offert des leçons de piano, de français, etc.

— Ah oui ! acquiesça Roddy. Je m'en souviens, maintenant : une gamine maigrichonne, tout en bras et en jambes, avec une tignasse blonde.

Elinor hocha la tête :

— Oui. Tu n'as pas dû la revoir depuis ces vacances d'été où papa et maman étaient à l'étranger. Évidemment, tu n'es pas allé aussi souvent que moi à Hunterbury et, ces derniers temps, elle était au pair en Allemagne. Mais quand nous étions petits, nous allions toujours la chercher pour jouer ensemble.

— De quoi a-t-elle l'air, maintenant ?

— Elle est devenue ravissante. Bonnes manières et tout. À la voir, on ne penserait jamais qu'elle est la fille du vieux Gerrard.

— Une vraie dame, en somme ?

— Oui, en somme. Ce qui fait qu'elle ne se sent pas très à l'aise à la loge, si tu veux mon avis. Mrs Gerrard est morte il y a quelques années, tu sais, et Mary et son père ne s'entendent pas. Il se moque de son instruction et de ses « belles manières ».

Roddy se fit grondeur :

— Les gens n'imaginent pas les ravages qu'ils peuvent causer en octroyant de l'éducation à tout-va ! Ça revient souvent à faire preuve de plus de cruauté foncière que de vraie grandeur d'âme.

— Elle doit passer beaucoup de temps près de tante Laura. Je sais qu'elle lui fait la lecture depuis qu'elle a eu son attaque.

— Pourquoi diable l'infirmière ne s'en charge-t-elle pas ?

Elinor sourit :

— Miss O'Brien a un accent irlandais à couper au couteau. Je comprends que tante Laura préfère Mary.

Roddy se mit à arpenter nerveusement la pièce de long en large. Au bout d'un moment, il décréta :

— Tu sais, Elinor, je crois que nous devrions y aller.

Elinor eut un petit mouvement de recul :

— À cause de cette... ?

— Non, non, pas du tout. Oh, et puis zut, soyons honnêtes : *oui* ! Il y a peut-être quelque chose de vrai dans cette ignominie. Je veux dire, cette pauvre tantine est très mal en point et...

— Et quoi, Roddy ?

Il la regarda avec un sourire désarmant où s'inscrivait l'aveu de la faiblesse humaine :

— ...Et l'argent a bel et bien de l'importance. Pour toi comme pour moi, Elinor.

— Exact, admit-elle bien volontiers.

Son ton à lui se fit sérieux :

— Ce n'est pas que je sois intéressé, mais enfin tante Laura nous a répété cent fois que nous étions sa seule famille. Tu es la fille de son frère, et moi, le neveu de son mari. Elle nous a toujours laissé entendre qu'à sa mort tout ce qu'elle avait irait à l'un de nous, et plus probablement aux deux. Et... et il s'agit d'un héritage considérable, Elinor.

– Oui, dit Elinor, songeuse. Sans doute.

– Entretenir Hunterbury n'est pas une plaisanterie. Oncle Henry était ce qu'il est convenu d'appeler « à l'aise » quand il a rencontré ma tante. Mais elle, c'était la grosse galette. Ton père et elle avaient hérité de beaucoup d'argent. C'est trop bête que ton père ait presque tout perdu en spéculant.

– Pauvre papa ! soupira Elinor. Il n'a jamais eu le sens des affaires. Ça lui a empoisonné ses dernières années.

– Oui, tante Laura avait la tête mieux faite. Elle a épousé oncle Henry, ils ont acheté Hunterbury... et elle m'a confié un jour qu'elle avait toujours eu une veine incroyable dans ses investissements. Pratiquement rien n'a baissé.

– Oncle Henry lui a tout laissé, n'est-ce pas ?

Roddy acquiesça :

– Oui. C'est tragique qu'il soit mort si tôt. Elle ne s'est jamais remariée. La fidélité incarnée. Elle a toujours été très bonne pour nous. Moi, elle m'a toujours traité comme si j'étais son neveu à elle et pas celui de son mari. Chaque fois que je me suis trouvé dans le pétrin, elle m'en a tiré. Dieu merci, elle n'a pas eu à le faire trop souvent.

– Elle a été terriblement généreuse avec moi aussi, reconnut Elinor.

– Tante Laura est la crème des femmes, renchérit Roddy. Mais à propos, étant donné ce que sont réellement nos moyens personnels, nous vivons peut-être tous les deux – et sans nous en rendre compte – de façon dangereusement extravagante.

– Je ne te le fais pas dire, gémit Elinor. S'habiller, se maquiller... la moindre bêtise comme le cinéma, les cocktails... et même les disques, tout coûte tellement cher !

Roddy se dérida :

– Chérie, tu es la cigale de la fable. Tu chantes, tu danses... sans jamais songer le moins du monde à engranger !

Elinor le questionna sans rire :

– Tu crois que je devrais ?

Il secoua la tête :

– Je t'aime telle que tu es : raffinée, insouciante et posant sur tout ton regard ironique. Je détesterais que tu deviennes popote. Non, tout ce que je dis, c'est simplement que s'il n'y avait pas tante Laura, tu serais sans doute en train de t'échiner à faire un boulot sinistre. Idem pour moi. J'ai une sorte de sinécure. Faire acte de présence chez Lewis & Hume, ce n'est pas la mer à boire. Ça me convient. Et ça préserve mon amour-propre. Mais à vrai dire, Elinor, si je ne me préoccupe pas de l'avenir, c'est parce que je sais qu'il y aura... l'héritage de tante Laura.

– Nous sommes des espèces de parasites, des sangsues, non ?

– Mais absolument pas ! On nous a toujours laissé entendre qu'un beau jour nous serions riches – un point c'est tout ! Comment voudrais-tu que cela n'influe pas sur notre comportement ?

– Tante Laura ne nous a jamais précisé au juste comment elle avait réparti sa fortune, murmura Elinor, pensive.

– Quelle importance ? Elle l'a sans doute partagée équitablement entre nous deux. Mais si ce n'est pas le cas, si elle te laisse tout – ou l'essentiel – parce que tu es sa vraie famille, eh bien, ma chérie, j'en profiterai puisque je vais t'épouser. Et si la chère vieillarde décide que tout doit échoir au dernier représentant mâle des Welman, ça revient au même puisque tu vas m'épouser.

Il lui sourit avec tendresse avant de poursuivre :

– Quelle chance que nous nous aimions ! Parce que tu m'aimes, n'est-ce pas, Elinor ?

– Oui.

Elle l'avait dit d'un ton froid, presque guindé.

– « Oui ! » l'imita Roddy. Je t'adore, tiens ! Ce petit air distant, intouchable... La princesse lointaine. Je crois que c'est pour ça que je t'aime.

Elinor retint son souffle.

– Vraiment ? balbutia-t-elle.

– Oui. Les femmes sont parfois si... – oh, je ne sais pas,

16

moi ! – si effroyablement possessives, en adoration comme de bons chiens fidèles... dégoulinantes de grands sentiments ! Je détesterais ça. Avec toi, je ne sais pas où j'en suis, je ne suis jamais sûr de rien... D'un instant à l'autre, tu pourrais tourner casaque avec cette insouciance qui n'appartient qu'à toi et décréter que tu as changé d'avis... comme ça, froidement, sans un battement de cils ! Tu es un être fascinant, Elinor... Tu es comme une œuvre d'art, tu es si... si *achevée* !

Il enchaîna :

– Tu sais, je crois que notre mariage sera le mariage idéal. Nous nous aimons, mais sans excès, nous sommes bons amis, nous avons des tas de goûts en commun, nous nous connaissons par cœur, nous avons tous les avantages du cousinage sans les inconvénients de la consanguinité. Je ne me lasserai jamais de toi, tu es une créature tellement insaisissable. Toi, par contre, tu pourrais bien te lasser de moi. Je suis un type très ordinaire.

Elinor secoua la tête :

– Je ne me lasserai pas de toi, Roddy, jamais !

– Ma chérie !

Il l'embrassa.

Puis il reprit :

– À mon avis – et bien que nous ne l'ayons pas vue depuis que nous avons pris notre décision –, tante Laura sait pertinemment à quoi s'en tenir sur notre compte. Est-ce que ce ne serait pas un bon prétexte pour aller à Hunterbury ?

– Si. L'autre jour, je me disais justement...

Roddy termina la phrase à sa place :

– ...que nous n'allons pas la voir aussi souvent que nous le devrions ? Oui, c'est ce que je pense aussi. Au début, quand elle a eu son attaque, nous descendions là-bas pratiquement tous les quinze jours. Et là, cela doit bien faire deux mois que nous n'y avons pas mis les pieds.

– Pour peu qu'elle nous l'ait demandé, nous serions accourus, crut bon de préciser Elinor.

– Évidemment. Et puis nous savons qu'elle apprécie beaucoup miss O'Brien et que tout le monde est aux petits soins pour elle. N'empêche, je crois que nous avons été un peu négligents. Je ne parle pas d'un point de vue financier – cette fois, c'est simplement à elle que je pense.

Elinor hocha la tête :

– Je sais.

– Eh bien, cette saleté de lettre aura au moins servi à quelque chose. Nous irons à Hunterbury pour veiller sur nos intérêts et parce que nous l'aimons de tout cœur, cette brave vieille tantine !

Il gratta une allumette et mit le feu à la lettre qu'il avait reprise des mains d'Elinor.

– Je me demande quand même qui l'a écrite, dit-il. Non pas que ce soit d'une grande importance... Quelqu'un qui est « dans notre camp », comme nous disions quand nous étions gosses, et qui nous rend peut-être un fameux service. La mère de Jim Parrington était partie vivre sur la Riviera et se faisait soigner par un jeune et sémillant médecin italien. Résultat, elle s'est toquée de lui et lui a légué jusqu'à son dernier sou. Jim et ses sœurs ont essayé d'obtenir l'annulation du testament, mais il n'y a rien eu à faire.

Elinor sourit :

– Tante Laura raffole du nouveau médecin, celui qui a repris le cabinet du Dr Ransome – mais pas à ce point-là ! De toute façon, ce torchon parlait d'une fille. Ça doit être Mary.

– Nous ne tarderons pas à en avoir le cœur net.

*

Dans un léger frou-frou, miss O'Brien, l'infirmière, passa de la chambre de Mrs Welman à la salle de bains. Puis elle lança par-dessus son épaule :

– Je suis sûre que vous prendriez bien une tasse de thé avant de continuer.

18

Miss Hopkins s'épanouit d'aise :

— Ma chère, je suis toujours prête pour une tasse de thé. Comme je ne me lasse pas de le dire : rien ne vaut une bonne tasse de thé – de thé bien fort !

Tout en remplissant la bouilloire avant de la placer sur le réchaud à gaz, miss O'Brien poursuivit :

— J'ai tout ce qu'il faut dans ce placard. Une théière, des tasses, du sucre... et Edna m'apporte du lait frais deux fois par jour sans que j'aie à sonner à tout bout de champ. Il est bien, ce réchaud, l'eau bout en un rien de temps.

Miss O'Brien, la trentaine, était une grande rouquine au visage taché de son, au charmant sourire et aux dents d'une blancheur éclatante. Sa bonne humeur et sa vitalité faisaient merveille auprès de ses patients. Quant à miss Hopkins, l'infirmière visiteuse qui venait chaque matin du village aider à faire le lit et la toilette de la vieille dame grabataire, c'était une créature sans beauté, d'âge moyen, à l'air énergique et compétent.

Elle crut bon d'exprimer son approbation :

— Les choses sont bien organisées, dans cette maison.

L'autre hocha la tête :

— Oui, un peu à l'ancienne : pas de chauffage central. Mais une quantité de cheminées. Et les domestiques sont très serviables. Il faut dire que Mrs Bishop les tient à l'œil.

Miss Hopkins se fit sentencieuse :

— Ces gamines d'aujourd'hui, elles ne savent pas ce qu'elles veulent. Elles sont incapables de travailler convenablement. Elles m'exaspèrent.

— Mary Gerrard est une gentille fille. Je ne sais pas ce que Mrs Welman deviendrait sans elle. Vous avez vu comme elle la réclame ? Que voulez-vous, elle est adorable, cette petite, et puis elle a la manière, on ne peut pas lui ôter ça.

Miss Hopkins y alla de son grain de sel :

— Ça me désole de voir son vieux grincheux de père s'ingénier à lui gâcher la vie.

— Ça, s'il y en a un qui a oublié d'être aimable, c'est bien lui, commenta miss O'Brien. Ah ! voilà la bouilloire qui chante ! J'attends que l'eau frémisse et je la verse.

Le thé fut fait et servi, bien chaud et bien fort, et les deux femmes s'installèrent pour le boire dans la chambre de miss O'Brien, qui jouxtait celle de Mrs Welman.

– Mr Welman et miss Carlisle viennent nous voir, dit miss O'Brien. Il y avait un télégramme, ce matin.

– Vous m'en direz tant, ma chère ! s'exclama miss Hopkins. Je me disais aussi que notre malade était un peu agitée, aujourd'hui. Ça fait un bout de temps qu'ils ne sont pas venus, non ?

– Deux mois, sinon plus. Quel beau garçon quand même, Mr Welman ! Mais il serait peut-être un peu fier, dans son genre.

Miss Hopkins tint à marquer un point :

– L'autre jour, dans le *Tatler*, j'ai vu sa photo à elle – aux courses de Newmarket, s'il vous plaît, avec une amie.

– Elle est très lancée, je crois, dit miss O'Brien. Et toujours tellement élégante ! On vous le demanderait, vous diriez qu'elle est belle, vous ?

– Difficile de dire à quoi ressemblent ces filles sous leur maquillage. À mon avis, elle n'arrive pas à la cheville de Mary Gerrard.

Miss O'Brien pinça les lèvres et inclina la tête :

– Vous avez peut-être bien raison, mais Mary n'a pas sa classe.

Sentencieuse, miss Hopkins décréta :

– C'est la plume qui fait l'oiseau.

– Je vous ressers une tasse, miss ?

– Merci, miss, je ne dis pas non.

Les deux femmes se rapprochèrent au-dessus de leurs tasses fumantes.

Miss O'Brien reprit la parole :

– Il s'est passé une chose curieuse, la nuit dernière. À 2 heures du matin, je suis allée comme d'habitude arranger un peu ma malade, et elle était réveillée. Mais elle avait dû rêver parce que, dès que je suis entrée, elle m'a dit : «La photographie, donnez-moi la photographie.»

» Alors j'ai dit comme ça : "Bien sûr, Mrs Welman, mais vous ne préférez pas attendre demain matin ?" Sur quoi elle m'a fait : "Non, je veux la regarder maintenant." Alors j'ai demandé : "Où est-elle, cette photographie ? C'est celle de Mr Roderick que vous voulez ?" Et elle m'a fait comme ça : "Roderick ? Non, Lewis." Et elle a commencé à s'agiter, alors je l'ai aidée à s'asseoir et elle a pris ses clés dans le coffret sur la table de chevet et elle m'a demandé d'ouvrir le deuxième tiroir du chiffonnier, et là, il y avait effectivement une grande photographie dans un cadre d'argent. Un homme d'une *beauté*... Avec Lewis écrit en travers dans le coin. Une photo à l'ancienne, bien sûr, qui a dû être prise il y a des années. Je la lui ai apportée et elle l'a regardée à n'en plus finir. Tout ce qu'elle a murmuré, c'est : "Lewis... Lewis..." Et puis elle a soupiré et me l'a rendue en me disant de la remettre à sa place. Et croyez-moi si vous voulez, quand je me suis retournée, elle dormait comme un bébé !

Miss Hopkins était tout ouïe :

— C'était son mari, vous croyez ?

— Eh bien non ! la détrompa miss O'Brien. Parce que, mine de rien, ce matin j'ai questionné Mrs Bishop sur le prénom de Mr Welman, et elle m'a dit qu'il s'appelait Henry !

Les deux femmes échangèrent un regard. Le long nez de miss Hopkins se mit à frémir sous l'effet d'un émoi délicieux.

— Lewis... Lewis..., murmura-t-elle, songeuse. Je ne connais aucun Lewis par ici.

— Cela doit remonter à des années, ma chère, lui rappela l'autre.

— Oui, naturellement, et je n'habite la région que depuis deux ans. Mais alors...

Miss O'Brien la coupa :

— Un vraiment bel homme. On aurait juré un officier de cavalerie.

Entre deux gorgées de thé, miss Hopkins s'émut :

— C'est passionnant.

— Qui sait s'ils n'ont pas grandi ensemble, se laissa aller à murmurer miss O'Brien, et si un père cruel ne les aura pas séparés...

Avec un soupir à fendre l'âme, miss Hopkins crut bon de renchérir :

— Peut-être bien qu'il est mort à la guerre...

*

Lorsque miss Hopkins, que thé et spéculations romanesques avaient agréablement requinquée, quitta finalement la maison, Mary Gerrard sortit en courant et la rattrapa :

— Oh, miss Hopkins, est-ce que je peux vous accompagner jusqu'au village ?

— Mais bien sûr, ma petite Mary.

Mary Gerrard la supplia, haletante :

— Il faut que je vous parle. Je me fais tellement de souci.

Son aînée la regarda avec bienveillance.

Âgée de vingt et un ans, Mary Gerrard était une ravissante créature, à la façon un peu irréelle d'une églantine : un long cou délicat, une chevelure d'or pâle qui ondulait en épousant l'exquis modelé de son visage et des yeux d'un bleu intense.

— Qu'y a-t-il ? l'interrogea miss Hopkins.

— Il y a que le temps passe et que je reste là à me tourner les pouces.

— Rien ne presse ! répondit vivement l'infirmière.

— Non, bien sûr, mais ça me met tellement mal à l'aise... Mrs Welman a été merveilleusement bonne en m'offrant toutes mes études, mais maintenant, il faut que je commence à gagner ma vie, il faut que j'apprenne un métier.

Miss Hopkins hocha la tête avec sympathie.

— Ce serait un tel gâchis, sans ça ! J'ai essayé d'expliquer à Mrs Welman ce que je ressentais, mais... c'est difficile... on dirait qu'elle ne comprend pas. Elle n'arrête pas de répéter que j'ai tout mon temps et...

Miss Hopkins la coupa :

– C'est une malade, ne l'oubliez pas.

Mary rougit, confuse :

– Oh, je sais. Je ne devrais pas l'ennuyer, mais je vous assure que ça me tourmente. Et puis ça rend mon père si... si *hargneux*. Il est toujours à maugréer, à me traiter de grande dame ! Comme si ça m'amusait de rester à ne rien faire !

– Je vous crois, allez !

– Le problème, c'est que n'importe quelle formation coûte les yeux de la tête. Je parle bien l'allemand, maintenant, je pourrais peut-être en tirer parti, mais sincèrement, je préférerais travailler dans un hôpital. Je les aime bien, les malades, et ça me fait plaisir de les soigner.

Faisant fi de tout romantisme, miss Hopkins tint à préciser :

– Il faut avoir une constitution de cheval, pensez-y.

– Je suis forte ! Et j'aime vraiment soigner les gens. Ma tante maternelle était infirmière en Nouvelle-Zélande. Alors, vous voyez, j'ai ça dans le sang.

– Et pourquoi pas masseuse ? suggéra miss Hopkins. Ou bien occupez-vous d'enfants, vous les adorez. Mais une masseuse, ça gagne bien sa vie.

Mary parut dubitative :

– Ce sont des études qui coûtent cher, non ? J'espérais... mais ce n'est pas bien de ma part... elle a déjà tant fait pour moi.

– Vous parlez de Mrs Welman ? Vous dites des sottises. À mon avis, elle vous doit bien ça. Elle vous a donné une éducation select, mais qui ne mène à rien. Enseigner, vous n'aimeriez pas ça ?

– Je ne suis pas assez intelligente.

– Il y a intelligence et intelligence, décréta miss Hopkins, tranchant dans le vif. Si vous voulez un conseil, Mary, patientez pour l'instant. Comme je vous l'ai dit, je pense que Mrs Welman vous doit bien son aide pour vous établir, et je suis sûre que telle est bien son intention. Mais la vérité, c'est qu'elle tient beaucoup à vous et qu'elle ne veut pas vous perdre.

— Oh ! fit la jeune fille en retenant son souffle. Vous le croyez vraiment ?

— Je n'en doute pas un instant. Voilà une vieille dame à moitié paralysée, la pauvre, et qui n'a pas grand-chose ni grand monde pour la distraire. Jeune et jolie comme vous êtes, c'est important pour elle de vous avoir dans la maison. Dès que vous entrez dans sa chambre, elle va mieux.

La voix de Mary n'était plus qu'un murmure :

— Si vous le croyez vraiment..., ça me réconforte. Chère Mrs Welman ! Je l'aime tant ! Elle a toujours été si bonne avec moi... Je ferais n'importe quoi pour elle !

Le ton de miss Hopkins, lui, n'avait rien perdu de sa fermeté :

— Alors, suivez mon conseil, restez ici et cessez de vous tourmenter. Ce ne sera pas long.

Mary ouvrit tout grand des yeux pleins de frayeur :

— Vous voulez dire que...

— Elle a repris le dessus, mais pas pour longtemps, acquiesça l'infirmière visiteuse. Il y aura une deuxième attaque, puis une troisième. Je sais trop bien comment ça se passe, allez ! Soyez patiente, ma chère petite. Distrayez la vieille dame, embellissez ses derniers jours, c'est le mieux que vous puissiez faire. Le reste viendra en son temps.

— Vous êtes très gentille, dit Mary.

— Tiens ! voilà votre père qui sort de la loge..., annonça miss Hopkins. Il n'est pas dans un bon jour, on dirait !

Elles approchaient du grand portail en fer forgé. Un vieil homme tout voûté descendait les marches de la loge en boitillant.

Miss Hopkins le salua d'un ton enjoué :

— Bonjour, Mr Gerrard !

Ephraïm Gerrard se contenta d'un grognement :

– 'Jour.

– Beau temps, n'est-ce pas ? continua miss Hopkins.

– P't'être ben pour vous, bougonna le vieux Gerrard. Mais pas pour moi. Si vous croyez que je suis à la noce, avec mon lumbago !

Il en aurait fallu davantage pour que miss Hopkins renonce à l'enjouement :

– C'est l'humidité de la semaine dernière. Mais avec ce beau temps chaud, ça va s'arranger.

Cet optimisme expéditif n'eut pas l'heur de plaire au vieil homme.

– Ah, c'est bien ça, les infirmières ! grinça-t-il. Tout va pour le mieux quand c'est les autres qui trinquent. Ça vous fait ni chaud ni froid, à vous ! Et voilà Mary qui parle d'être infirmière elle aussi, maintenant ! J'aurais cru qu'elle rêvait de mieux que ça, avec son français, et son allemand, et son piano et tous ces trucs et ces machins qu'elle a appris dans son école à la manque sans compter ses voyages à l'étranger.

– Devenir infirmière me conviendrait très bien ! répliqua Mary d'un ton sec.

– C'est ça ! Et tu aimerais encore mieux ne rien faire du tout, pas vrai ? Te pavaner en faisant des mines et des grâces, comme une femme de la haute que ça fatiguerait de se servir de ses dix doigts. Fainéanter, ma fille, c'est ça qui te plaît !

– Ce n'est pas vrai, papa ! protesta Mary, les larmes aux yeux. Tu n'as pas le droit de dire ça !

– Nous ne sommes pas dans notre assiette ce matin, on dirait ? intervint miss Hopkins avec un entrain forcé. Vous ne pensez pas ce que vous dites, Gerrard. Mary est une fille bien, et vous avez de la chance d'en avoir une comme ça.

Gerrard lança à son rejeton un regard chargé de malveillance :

– L'est plus mienne, à c't'heure – avec son français, son histoire grecque et son langage sucré. Pouah !

Il fit demi-tour et réintégra la loge.

25

Mary avait les yeux pleins de larmes :

– Vous voyez, miss Hopkins ? Vous voyez comme c'est dur ? Il est tellement hargneux. Il ne m'a jamais aimée, même quand j'étais petite. Maman devait toujours me défendre.

– Allons, allons, ne vous tracassez pas, la réconforta gentiment miss Hopkins. Ces épreuves nous sont envoyées pour notre bien. Bonté divine ! Il faut que je me dépêche. J'ai une longue tournée à faire, ce matin.

Tout en regardant la silhouette qui s'éloignait rapidement, Mary Gerrard songea avec mélancolie que personne ne pouvait rien pour elle. Malgré toute sa gentillesse, qu'avait fait miss Hopkins sinon lui servir un vieux stock de platitudes réchauffées ?

Au comble de la tristesse, elle continua de s'interroger :

– Qu'est-ce qu'il faut que je fasse ?

2

Mrs Welman reposait sur ses oreillers. Sa respiration était un peu lourde, mais elle ne dormait pas. Ses yeux, qui avaient conservé le même bleu profond que ceux de sa nièce Elinor, contemplaient le plafond. Grande et corpulente, elle avait un beau visage aquilin où se lisaient l'orgueil et la détermination.

Elle baissa son regard sur la silhouette assise près de la fenêtre. C'était un regard tendre et presque nostalgique.

Elle se décida enfin à élever la voix :

– Mary...

La jeune fille se retourna aussitôt :

– Oh ! vous êtes réveillée, Mrs Welman !

– Oui, depuis un moment, dit Laura Welman.

– Oh ! je ne savais pas. J'aurais...

Mrs Welman l'interrompit :

— Mais non, c'est bien ainsi. Je réfléchissais... je réfléchissais à beaucoup de choses.

— Oui, Mrs Welman ?

Le regard chaleureux, le ton attentif firent naître une expression de tendresse sur le visage de la vieille dame.

— Je t'aime beaucoup, mon enfant, dit-elle avec douceur. Tu es très bonne pour moi.

— Oh, Mrs Welman, c'est *vous* qui avez été bonne pour *moi* ! Sans vous, je ne sais pas ce que je serais devenue. Je vous dois *tout*.

— Je ne sais pas... je ne sais vraiment pas...

La malade s'agitait, son bras droit se contractait nerveusement, tandis que le gauche restait inerte.

— On veut faire pour le mieux, mais c'est si difficile de savoir ce qui est mieux... ce qui est *bien*. J'ai toujours été trop sûre de moi...

Mary Gerrard poussa les hauts cris :

— Mais non ! Je suis certaine que vous savez *toujours* quelle est la meilleure solution à adopter.

Laura Welman secoua la tête :

— Non... non, et cela me tourmente. J'ai un grand défaut, Mary, je suis orgueilleuse. C'est terrible, l'orgueil. C'est une malédiction dans la famille, Elinor est comme moi.

Mary s'empressa :

— La visite de miss Elinor et de Mr Roderick va vous faire du bien. Cela va vous distraire. Il y a longtemps qu'ils ne sont pas venus.

Mrs Welman acquiesça doucement :

— Ce sont de bons enfants, de très bons enfants. Ils m'aiment bien, tous les deux. Je sais que je n'ai qu'à les appeler pour qu'ils viennent me voir, à n'importe quel moment, mais je ne veux pas en abuser. Ils sont jeunes, ils sont heureux... le monde leur appartient. Inutile de leur infliger le spectacle de la déchéance et de la souffrance avant qu'il n'en soit temps.

– Je suis persuadée qu'ils ne penseraient *jamais* ça, Mrs Welman.

Mrs Welman poursuivit son discours, plus pour elle-même, sans doute, que pour la jeune fille :

– J'ai toujours espéré qu'ils se marieraient, mais je me suis efforcée de ne pas le montrer. Les jeunes gens ont tellement l'esprit de contradiction. Cela aurait suffi à les en dissuader ! Il y a bien longtemps, lorsqu'ils étaient enfants, j'ai pensé que Elinor avait jeté son dévolu sur Roddy. Mais pour *lui*, je n'étais pas sûre du tout. C'est un drôle de garçon. Henry était comme ça... réservé et difficile à satisfaire... Oui, Henry...

Elle resta silencieuse, perdue dans le souvenir de son défunt mari. Puis elle murmura :

– Tout cela est loin... si loin. Nous n'étions mariés que depuis cinq ans quand il est mort. Double pneumonie... Nous étions heureux... oui, très heureux ; mais tout cela, ce bonheur, me semble très *irréel* maintenant. J'étais une jeune femme étrange et solennelle, immature... la tête pleine de rêves et d'idées héroïques. Je ne vivais pas dans la *réalité*...

Mary murmura à son tour :

– Vous avez dû vous sentir bien seule... ensuite.

– Ensuite ? oh, oui... affreusement seule. J'avais vingt-six ans... et maintenant j'en ai plus de soixante. Cela fait longtemps, mon enfant, si longtemps... Et maintenant, ça ! s'emporta-t-elle brusquement.

– Votre maladie ?

– Oui. Une attaque, c'est ce que j'ai toujours redouté. Cette indignité ! Lavée et soignée comme un bébé. Incapable de rien faire soi-même. Cela me rend folle. O'Brien a bon caractère, on peut mettre ça à son crédit. Elle ne m'en veut pas quand je l'envoie promener, et elle n'est pas plus bête que la plupart de ses semblables. Mais ce qui change tout, Mary, c'est que *tu* sois près de moi.

– Vraiment ? fit Mary rougissante. J'en suis... j'en suis si heureuse, Mrs Welman.

Perspicace, Laura Welman s'enquit :

— Tu te fais du souci, n'est-ce pas ? L'avenir t'inquiète ? Laisse-moi faire, mon enfant, je veillerai à ce que tu sois indépendante et que tu aies un métier. Mais patiente encore un peu... j'ai trop besoin de toi ici.

— Oh, Mrs Welman, bien sûr... *bien sûr* ! Je ne vous quitterais pour rien au monde. Pas tant que vous désirerez que je...

— Je veux que tu restes près de moi, dit la vieille dame avec une émotion inhabituelle dans la voix. Mary, tu es... tu es comme une fille pour moi. Je t'ai vue grandir à Hunterbury, je t'ai vue faire tes premiers pas, je t'ai vue devenir une belle jeune fille... je suis fière de toi, mon enfant. J'espère seulement avoir agi au mieux pour toi.

Mary répondit vivement :

— Si vous pensez que votre générosité envers moi, l'éducation que vous m'avez offerte, sont au-dessus de... au-dessus de ma condition, si vous croyez que cela m'a rendue insatisfaite ou... ou que cela m'a donné des idées de grandeur, comme dit mon père, eh bien il ne faut pas. Je vous en suis infiniment reconnaissante, c'est tout. Et si j'ai hâte de gagner ma vie, c'est seulement parce qu'il me semble que je le dois après... après tout ce que vous avez fait pour moi. Je n'aimerais pas qu'on croie que je vis à vos crochets.

Laura Welman éleva la voix – une voix soudain coupante :

— C'est donc là ce que Gerrard t'a mis dans la tête ? N'écoute pas ce que dit ton père, Mary. Il n'a jamais été question de cela et il n'en sera jamais question ! C'est moi qui te demande de rester encore un peu ici. Ce sera bientôt fini... S'ils voulaient bien, tous ces docteurs et ces infirmières, laisser les choses suivre leur cours normal, ma vie s'achèverait là, maintenant. J'en aurais fini avec cette interminable bouffonnerie.

— Oh non, Mrs Welman, le Dr Lord dit que vous pouvez vivre encore des années.

— Ah non, merci ! Je lui ai dit l'autre jour que, dans un

pays un tant soit peu civilisé, tout ce que j'aurais à faire serait de lui signifier que je veux en finir et qu'il m'expédierait sans douleur, avec une bonne petite potion magique. Je lui ai dit : « Si vous aviez un peu de courage, docteur, c'est ce que vous feriez ! »

Mary poussa un petit cri :

— Oh ! Et qu'a-t-il répondu ?

— Ce jeune homme irrespectueux s'est contenté de me rire au nez, mon enfant, et il m'a répondu qu'il ne prendrait pas le risque d'être pendu. Il a même ajouté : « À moins que vous ne me nommiez légataire universel, Mrs Welman. Là, évidemment, ça changerait tout ! » L'insolent ! Mais je l'aime beaucoup. Ses visites me font plus de bien que ses médicaments.

— Oui, il est adorable, approuva Mary. Miss O'Brien en est folle, et miss Hopkins aussi.

L'opinion de Mrs Welman fut sans appel :

— À son âge, Hopkins devrait avoir davantage de plomb dans la cervelle. Quant à O'Brien, elle est là qui minaude et susurre : « Oh, docteur ! » et qui se met à lui agiter ses mèches folles sous le nez chaque fois qu'il approche.

— Pauvre miss O'Brien.

— C'est une bonne fille, concéda Mrs Welman, indulgente, mais toutes les infirmières m'exaspèrent ; cette manie qu'elles ont de penser que vous mourez d'envie d'« une bonne tasse de thé » à 5 heures du matin ! (Elle s'interrompit.) Qu'est-ce que c'est ? C'est la voiture ?

Mary regarda par la fenêtre :

— Oui, c'est la voiture. Miss Elinor et Mr Roderick sont arrivés.

*

— Je suis très heureuse de cette nouvelle, Elinor, dit Mrs Welman.

Elinor lui sourit :

– Je pensais bien que ça te ferait plaisir, tante Laura.

La vieille dame hésita avant de poursuivre :

– Tu l'aimes, n'est-ce pas, Elinor ?

Elinor haussa l'arc délicat de ses sourcils :

– Naturellement.

Mrs Welman crut bon de préciser sa pensée :

– Pardonne-moi, ma chérie. Tu es si réservée. C'est très difficile de savoir ce que tu penses. Quand vous étiez bien plus jeunes, tous les deux, il me semblait que tu commençais à t'attacher à Roddy... trop peut-être...

– Trop ? s'étonna Elinor.

La vieille dame hocha la tête :

– Oui, la sagesse voudrait qu'on ne s'attache pas inconsidérément, comme les très jeunes filles ont parfois tendance à le faire... Je me suis réjouie quand tu es allée en Allemagne pour y finir tes études. Et puis, quand tu es revenue, j'ai eu l'impression qu'il t'était devenu complètement indifférent... et cela m'a navrée tout autant ! Je suis une vieille femme assommante, impossible à contenter ! Mais je me suis toujours figuré que tu avais un caractère assez passionné – ce genre de caractère que nous avons dans la famille, et qui ne rend pas la vie facile... Bref, comme je te le disais, lorsque tu es rentrée de l'étranger, et que je t'ai vue si indifférente envers Roddy, j'étais désolée. J'avais toujours espéré un mariage entre vous. Maintenant, c'est décidé, alors tout est bien ! Et tu l'aimes *vraiment* ?

– J'aime Roddy, répondit gravement Elinor. Je l'aime... assez, mais pas trop.

Mrs Welman approuva de la tête :

– Alors, je crois que vous serez heureux. Roddy a besoin d'amour... mais il a peu de goût pour les sentiments violents. Un amour possessif le ferait fuir.

– Comme tu le connais bien ! s'exclama Elinor.

Mrs Welman insista :

– Crois-moi, si Roddy t'aime juste un *petit* peu plus que tu ne l'aimes, tout ira bien.

– « Le courrier de tante Agathe » ! grinça Elinor. *Maintenez votre soupirant dans le doute ! Qu'il ne soit pas trop sûr de vous !*

Laura Welman réagit aussitôt :

– Tu n'es pas heureuse, mon enfant ? Quelque chose ne va pas ?

– Non, non, rien du tout.

– Tu trouves mes propos plutôt... médiocres ? Mon petit, tu es jeune et sensible. La vie, hélas, est bel et bien assez médiocre...

– Oui, peut-être, répondit Elinor avec un peu d'amertume.

– Ma chérie, insista Laura Welman, tu es malheureuse ? Qu'y a-t-il qui ne va pas ?

– Rien, absolument rien.

Elle se leva, alla jusqu'à la fenêtre, puis, se retournant à demi :

– Tante Laura, dis-moi, honnêtement, tu crois que l'amour est toujours quelque chose d'heureux ?

Le visage de Mrs Welman se fit grave :

– Non, probablement pas, Elinor. Pas dans le sens où tu l'entends... Aimer passionnément quelqu'un apporte plus de souffrance que de joie et, cependant, on ne serait rien sans cette expérience. Celui qui n'a jamais vraiment aimé, il n'a jamais vraiment vécu...

La jeune femme hocha la tête :

– Oui... tu comprends ça, toi... tu as connu ça...

Elle tourna soudain vers sa tante un regard implorant :

– Tante Laura...

La porte s'ouvrit et la rousse miss O'Brien fit son entrée.

– Mrs Welman, annonça-t-elle toute frétillante, voici le docteur qui vient vous voir !

*

Le Dr Lord était un garçon de trente-deux ans. Il avait la

tignasse blond-roux, le menton carré et un visage taché de son d'une sympathique laideur. Son regard bleu clair était vif et pénétrant.

— Bonjour, Mrs Welman, dit-il.

— Bonjour, Dr Lord. Je vous présente ma nièce, miss Carlisle.

La plus évidente admiration se lut sur le visage transparent du Dr Lord.

— Ravi de faire votre connaissance, dit-il en prenant avec précaution la main que lui tendait Elinor, comme s'il craignait de la briser.

— Elinor et mon neveu sont venus me distraire un peu, ajouta Mrs Welman.

— Parfait ! s'exclama le Dr Lord. Exactement ce qu'il vous faut ! Je suis sûr que ça va vous faire le plus grand bien.

Admiratif, son regard ne quittait pas Elinor.

Tout en se dirigeant vers la porte, celle-ci s'enquit :

— Peut-être vous verrai-je un moment tout à l'heure, Dr Lord ?

— Oh... oui... oui, bien sûr.

Elle sortit et referma la porte derrière elle. Le Dr Lord s'approcha du lit, miss O'Brien vibrionnant sur ses talons.

Mrs Welman lui décocha un clin d'œil malicieux :

— Alors, docteur, vous me faites le numéro habituel : pouls, respiration, température ? Ah, les médecins, quels charlatans vous faites !

— Oh, Mrs Welman, trémola miss O'Brien, comment pouvez-vous dire ça au docteur !

Le Dr Lord lui adressa à son tour un clin d'œil :

— Mrs Welman m'a percé à jour, miss ! N'empêche, Mrs Welman, il faut bien que je fasse mon métier. Le problème, avec moi, c'est que je n'ai jamais réussi à apprendre comment me comporter au chevet des malades.

— Vous vous en tirez très bien. Et vous en êtes même plutôt fier.

Le Dr Lord eut un petit rire :

– Ça, c'est *vous* qui le dites.

Après quelques questions de routine, le Dr Lord se cala dans son fauteuil et sourit à sa patiente.

– Bon, déclara-t-il, vous continuez à récupérer magnifiquement.

– Alors, d'ici quelques semaines, commenta Laura Welman, je pourrai me lever et me promener autour de la maison ?

– Hé là ! Pas si vite !

– Non, en effet. Espèce de charlatan ! À quoi bon vivre couchée ainsi, nourrie et langée comme un bébé ?

– À quoi bon vivre, en tout état de cause ? philosopha le Dr Lord. Voilà la vraie question. Au fait, connaissez-vous cette charmante invention du Moyen Âge qu'on appelait « le petit réduit » ? On ne pouvait s'y tenir ni debout, ni assis, ni couché. On penserait que ceux qui étaient condamnés à ce supplice passaient l'arme à gauche en quelques semaines. Eh bien, pas du tout. Un homme a réussi à vivre seize ans dans une cage de fer avant d'être libéré ; et il a survécu jusqu'à un âge canonique.

– Pourquoi me racontez-vous cette histoire ? interrogea Laura Welman.

– Pour vous démontrer qu'on porte en soi l'*instinct* de vivre. On ne vit pas parce que notre *raison* y consent. Les gens qui « feraient mieux d'être morts », comme on dit, n'ont aucune envie de mourir ! Et ceux qui apparemment ont tout ce qu'il faut pour être heureux abandonnent la partie parce qu'ils n'ont pas l'énergie de se battre.

– Continuez.

– Je n'ai rien à ajouter. Vous êtes de la race de ceux qui *veulent* vivre, quoi que vous en disiez ! Et si votre corps veut vivre, ce n'est pas bon de laisser votre esprit tirer dans l'autre sens.

Mrs Welman changea brusquement de sujet :

– Vous vous plaisez ici ?

Peter Lord sourit :

– Je m'y trouve bien.

– N'est-ce pas un peu ennuyeux pour un garçon aussi jeune que vous l'êtes ? Vous n'avez pas envie de vous spécialiser ? Ce doit être plutôt monotone d'être médecin de campagne, non ?

Lord secoua sa chevelure blond-roux :

– Non, j'aime mon métier. J'aime *les gens*, voyez-vous, et j'aime leurs petits maux ordinaires. Je n'ai aucune envie de débusquer le bacille rare d'une maladie inconnue. Moi, ce que j'aime, ce sont les rougeoles, les varicelles et tout le tremblement. Ce que j'aime, c'est observer de quelle manière le corps réagit, s'il y a moyen d'améliorer un traitement connu. Mon problème, c'est que je n'ai aucune ambition. Je resterai dans ce bled, je me laisserai pousser des favoris et, un jour, les gens diront : « Oh oui, nous avons toujours consulté ce bon vieux Dr Lord, mais ses méthodes sont un peu dépassées. Nous ferions peut-être mieux d'appeler le jeune Dr Machinchouette, il est tellement plus à la page... »

– Hum, fit Mrs Welman, on dirait que vous savez à quoi vous en tenir.

Peter Lord se leva :

– Bon, dit-il, il faut que je m'en aille.

– Je crois que ma nièce désire vous parler, lui rappela Mrs Welman. Dites-moi, que pensez-vous d'elle ? Vous ne l'aviez encore jamais rencontrée ?

Le Dr Lord vira à l'écarlate. Il rougit jusqu'à la racine des cheveux :

– Je... oh, elle est très belle, non ? Et... euh... très intelligente et tout, si je ne m'abuse.

Mrs Welman s'amusait. « Mon Dieu qu'il est jeune... », pensa-t-elle.

– Si vous voulez mon avis, décréta-t-elle à voix haute, vous ne feriez pas mal de vous marier, docteur.

*

Roddy s'était promené dans le jardin. Il avait traversé la vaste pelouse, suivi une allée pavée puis s'était rendu au potager enclos de murs. Un potager opulent et parfaitement entretenu. Elinor et lui vivraient-ils un jour à Hunterbury ? Oui, sans doute. Pour sa part, il en serait heureux. Il n'aimait rien tant que la vie à la campagne. Mais pour Elinor, il n'était pas très sûr. Elle préférerait peut-être vivre à Londres...

Pas commode de savoir, avec Elinor. Elle ne laissait pas voir grand-chose de ses pensées et de ses sentiments. C'était ça qu'il appréciait chez elle. Il détestait ces raseurs qui se déversent sur vous, avec la certitude que leur mécanisme intime vous passionne. La réserve est toujours plus attirante.

Elinor était parfaite. Aucune fausse note en elle. Elle était ravissante, elle était spirituelle, elle était en somme la plus séduisante des compagnes.

« J'ai une veine incroyable de lui plaire, pensa-t-il, assez satisfait. Je ne comprends pas ce qu'elle peut trouver à un type comme moi. »

Car, en dépit des apparences, Roderick Welman n'était pas vaniteux. Qu'Elinor ait consenti à l'épouser l'étonnait sincèrement.

La vie s'étendait donc devant lui comme une route aimable. Savoir exactement où l'on est, où l'on va, c'est une bénédiction. Sans doute Elinor et lui se marieraient-ils bientôt... si elle le souhaitait, bien entendu. Peut-être préférerait-elle attendre un peu. Il ne devait pas la brusquer. Au début, ils seraient un peu raides, financièrement. Mais rien de bien grave. Il espérait de tout cœur que tante Laura vivrait encore longtemps. C'était un amour, elle avait toujours été adorable avec lui, l'invitant au château pour les vacances, s'intéressant à ce qu'il faisait.

Il repoussa l'évocation de sa mort, comme il repoussait toute réalité pénible. Il est des réalités qu'on ne tient pas à voir de trop près. Mais... euh... après... eh bien, après, ce serait très agréable de vivre ici, à Hunterbury, d'autant qu'il y aurait tout l'argent nécessaire pour entretenir la propriété. Il se demanda comment sa tante avait décidé de partager ses biens. Non que cela eût tant d'importance. Avec d'autres, cela compterait certainement beaucoup que la fortune soit au mari ou à la femme, mais pas avec Elinor. Elle avait une infinie délicatesse, et l'argent ne l'intéressait pas en soi.

« Non, se dit-il, je n'ai aucun souci à me faire, quoi qu'il arrive ! »

Il franchit la barrière au bout du jardin potager et s'engagea dans le petit bois que les jonquilles tapissaient au printemps. Bien sûr, ce n'était plus la saison. Mais le soleil, qui filtrait à travers les arbres, baignait le sous-bois d'une belle lumière verte.

Une nervosité insolite monta en lui, qui vint perturber sa sérénité antérieure.

« Il y a quelque chose... quelque chose qui me manque, se dit-il. Quelque chose que je voudrais... que je voudrais tant... »

La clarté vert et or, la légèreté de l'air – il sentit son cœur battre plus vite, un fourmillement, une soudaine impatience.

Sous les arbres, une jeune fille se dirigeait vers lui... une jeune fille aux cheveux d'or pâle, au teint de rose.

« Qu'elle est belle ! pensa-t-il. Ineffablement belle ! »

Un soudain émoi l'étreignit. Il s'immobilisa, comme pétrifié. Il lui sembla que le monde chavirait, que tout devenait soudain incroyablement, merveilleusement fou !

La jeune fille s'arrêta net, puis avança de nouveau jusqu'à l'endroit où il se tenait planté, absurdement figé, la bouche ouverte comme un poisson hors de l'eau.

– Vous ne vous souvenez pas de moi, Mr Roderick ? fit-elle d'une voix hésitante. Cela fait longtemps, bien sûr. Je suis Mary Gerrard, la fille des gardiens.

– Oh... vous... vous êtes Mary Gerrard ? balbutia Roddy.

– Oui, dit-elle. Je..., j'ai dû changer, depuis le temps, ajouta-t-elle timidement.

– Oui, acquiesça-t-il, oui, vous avez changé. Je... je ne vous aurais pas reconnue.

Il la dévorait des yeux sans bouger. Il ne perçut rien du bruit de pas qui s'élevait dans son dos. Mary, elle, tourna la tête.

Elinor resta immobile un instant, puis elle dit :

– Bonjour, Mary.

– Bonjour, miss Elinor, répondit aussitôt Mary. Je suis contente de vous voir. Mrs Welman attendait votre visite avec impatience.

Elinor hocha la tête :

– Oui... cela fait longtemps. Je... miss O'Brien m'envoie vous chercher, elle voudrait lever Mrs Welman et elle dit que vous avez l'habitude de l'aider.

– J'y vais tout de suite ! s'empressa Mary.

Elle s'éloigna en courant. Elinor suivit des yeux la silhouette gracieuse.

– Atalante..., se prit à murmurer lentement Roddy.

Elinor ne releva pas. Elle resta un moment sans faire un geste. Puis elle décréta :

– C'est bientôt l'heure du déjeuner. Nous devrions rentrer.

Côte à côte, ils prirent le chemin du retour.

*

– Allez, viens, Mary ! C'est avec Garbo, c'est un film formidable ! Ça se passe à Paris. C'est une histoire écrite par un auteur archiconnu. On en a même tiré un opéra !

– C'est vraiment gentil, Ted, mais je ne peux pas.

– Il y a des fois, je ne te comprends plus, Mary, maugréa Ted Bigland. Tu n'es plus la même... plus du tout la même.

– Mais si, Ted, je t'assure.

– Non ! J'imagine que c'est parce que tu as été dans cette école de riches et puis en Allemagne. Tu es trop bien pour nous, maintenant.

38

– Ce n'est pas vrai, Ted, je ne suis pas comme ça !

Elle avait dit ça avec toute la véhémence dont elle était capable.

Malgré sa colère, le jeune homme, un beau gaillard, lui lança un regard appréciateur :

– Mais si, Mary, tu es presque une dame.

La réplique ne tarda pas, teintée d'amertume :

– Presque ! Cela veut tout dire, n'est-ce pas ?

Il comprit soudain et secoua la tête :

– Non, alors là, je t'assure que tu te trompes.

– Bof ! s'empressa de corriger Mary, de toute façon, ça intéresse qui, de nos jours, ces histoires de lords et de ladies, et tout ça !

– Ça compte moins qu'autrefois, c'est vrai, reconnut Ted, songeur. Mais tout de même, c'est l'*impression* que tu me fais. Bon sang, Mary, tu as l'*air* d'une duchesse, ou d'une comtesse, je ne sais pas, moi.

– Ça ne veut pas dire grand-chose. J'ai vu des comtesses qui ressemblaient à des chiffonnières.

– Allons, Mary, tu sais très bien ce que je veux dire.

Une ample et majestueuse matrone, toute caparaçonnée de noir, cinglait vers eux. Elle leur jeta au passage un regard scrutateur.

Ted recula d'un pas.

– 'jour, Mrs Bishop, dit-il.

Mrs Bishop répondit d'un gracieux signe de tête :

– Bonjour, Ted Bigland. Bonjour, Mary.

Et poursuivit sa course, tel un navire toutes voiles dehors.

Ted la suivit d'un regard plein de respect.

– Voilà une femme qui a l'air d'une duchesse, murmura Mary.

– Oui... c'est vrai. Je me sens toujours dans mes petits souliers avec elle.

– Elle ne m'aime pas, commenta Mary avec lenteur.

– Tu dis des bêtises.

— Non, je t'assure, elle n'arrête pas de m'envoyer des piques.

— Elle est jalouse, affirma Ted d'un air sagace. C'est tout.

— Oui, c'est peut-être ça..., admit Mary, néanmoins dubitative.

— Bien sûr que oui. Ça fait des années qu'elle est gouvernante à Hunterbury, qu'elle fait la loi et qu'elle régente son monde, et voilà que la vieille Mrs Welman s'entiche de toi. Ça la vexe. C'est tout.

Une ombre passa sur le visage de Mary.

— C'est idiot, dit-elle, mais je ne supporte pas qu'on ne m'aime pas. Je voudrais que tout le monde m'aime.

— Il y a sûrement des femmes qui ne t'aiment pas, Mary ! Des filles jalouses qui te trouvent trop jolie !

— C'est horrible, la jalousie, soupira Mary.

— Peut-être..., dit lentement Ted, *mais je te prie de croire que ça existe.* J'ai justement vu un film épatant, la semaine dernière, à Alledore. Avec Clark Gable. C'est l'histoire d'un millionnaire qui néglige sa femme. Alors elle lui fait croire qu'elle l'a trompé. Et puis un autre type...

Mary s'écarta :

— Excuse-moi, Ted. Il faut que je m'en aille, je suis en retard.

— Où vas-tu ?

— Je vais prendre le thé avec miss Hopkins.

Ted fit la grimace :

— Drôle d'idée ! C'est la pire mauvaise langue du village ! Elle fourre son grand nez partout.

— Elle a toujours été très gentille avec moi.

— Oh, je ne dis pas qu'elle est mauvaise. Mais elle parle trop.

— Au revoir, Ted, dit Mary très vite.

Elle s'éloigna en toute hâte tandis que Ted la suivait d'un regard plein de reproches.

*

Miss Hopkins habitait un petit cottage au bout du village. Elle venait de rentrer chez elle et elle dénouait les cordons de son bonnet lorsque Mary arriva.

– Ah, vous voilà ! Je suis un peu en retard. La vieille Mrs Caldecott était de nouveau mal en point. Ça m'a retardée dans ma tournée. Je vous ai vue avec Ted Bigland, au bout de la rue.

– Oui..., acquiesça Mary sans enthousiasme.

Miss Hopkins, qui était en train de mettre de l'eau à chauffer, lui jeta un regard en vrille par-dessus sa bouilloire.

Son long nez frémit :

– Il vous voulait quelque chose de spécial ?

– Non, il m'invitait au cinéma.

– Voyez-vous ça ! lança miss Hopkins. Évidemment, c'est un gentil garçon, et il ne se débrouille pas trop mal au garage. Son père s'en sort plutôt mieux que la plupart des paysans du coin, mais tout de même, mon petit, vous ne me paraissez pas faite pour devenir la femme de Ted Bigland. Pas avec l'éducation que vous avez reçue et tout. Comme je vous le disais, à votre place, le moment venu, je ferais un apprentissage de masseuse. On se déplace pas mal, on voit du monde, et on est assez libre de son temps.

– J'y penserai, répondit Mary. À propos, Mrs Welman m'a parlé très gentiment, l'autre jour. C'est exactement ce que vous disiez. Elle ne veut pas que je m'en aille maintenant. Elle assure que je lui manquerais. Mais elle m'a répété que je ne devais pas m'inquiéter de l'avenir, qu'elle m'aiderait.

– Espérons qu'elle a mis tout ça noir sur blanc ! fit miss Hopkins, donnant soudain dans le scepticisme. Les malades sont si lunatiques !

– Vous croyez que Mrs Bishop me déteste vraiment ? tint à s'enquérir Mary. Ou bien je me fais des idées ?

Miss Hopkins prit le temps de la réflexion :

– C'est vrai qu'elle est plutôt revêche avec vous. Elle fait partie de ces gens qui ne supportent pas que les jeunes aient du bon temps ou qu'on s'intéresse à eux. Elle trouve peut-être que Mrs Welman a trop d'affection pour vous et elle vous en veut.

Elle eut un rire joyeux :

— Ma petite Mary, à votre place, je ne me tracasserais pas pour ça. Ouvrez plutôt ce sac, il y a des beignets dedans.

3

Votre tante a eu nouvelle attaque cette nuit. Aucune raison inquiétude immédiate mais suggère veniez dès que possible. Lord.

*

Dès que le télégramme lui était parvenu, Elinor avait téléphoné à Roddy et ils se trouvaient à présent dans le train, en route pour Hunterbury.

Ils s'étaient peu vus pendant la semaine qui venait de s'écouler. Deux fois seulement, assez brièvement, et avec une étrange sensation de gêne. Roddy lui avait envoyé des fleurs, une énorme gerbe de roses à longues tiges. Cela ne lui ressemblait pas. Ils avaient dîné ensemble un soir, et Roddy s'était montré plus attentif qu'à l'accoutumée, s'informant de ses préférences en matière de nourriture et de boisson, se précipitant pour l'aider à mettre et enlever son manteau avec une prévenance marquée. Un peu comme s'il mimait un rôle, avait pensé Elinor... Le rôle du fiancé empressé...

Et puis elle s'était dit : « Ne fais pas l'idiote. Où est le mal ? C'est toi, c'est ton sale esprit possessif, toujours à ruminer, à imaginer des choses. »

Elle avait été peut-être un peu plus distante avec lui, un peu plus réservée que d'habitude.

Maintenant, sous la pression des événements, leur gêne avait disparu et ils bavardaient tout naturellement.

Roddy fit le premier commentaire :

— Pauvre vieille chérie, elle était si bien l'autre jour.

— Je suis tellement inquiète pour elle, renchérit Elinor. Elle a une telle horreur de la maladie ! Je suppose qu'elle va être encore plus impotente, et elle va détester ça ! Tu ne trouves pas, Roddy, que les gens devraient être libres d'en finir, si c'est ce qu'ils souhaitent.

— Si, je suis bien de ton avis, acquiesça aussitôt Roddy. C'est la seule chose décente à faire. On achève bien les animaux ! Je suppose qu'on n'agit pas ainsi avec les êtres humains pour la simple raison que la nature humaine étant ce qu'elle est, les héritiers attentionnés auraient vite fait de vous envoyer dans le trou, malade ou pas.

— Ce serait la responsabilité des médecins, bien entendu, murmura Elinor, pensive.

— Les médecins ne sont pas forcément des saints.

— J'aurais tendance à avoir confiance dans un homme comme le Dr Lord.

— Oui, acquiesça Roddy, aussi détaché qu'à l'accoutumée. Il a l'air tout rond, sans détour. C'est un type sympathique.

*

Le Dr Lord était penché sur le lit. Miss O'Brien ne le quittait pas d'un pouce. Le front plissé, il s'efforçait de comprendre les sons inarticulés qui sortaient de la bouche de sa patiente.

— Oui, oui, dit-il. Mais calmez-vous. Prenez votre temps. Contentez-vous de soulever la main droite pour dire *oui*. Il y a quelque chose qui vous préoccupe ?

Il reçut une réponse affirmative.

43

– Quelque chose d'urgent ? Oui. Vous voulez qu'on *fasse* quelque chose ? Qu'on prévienne quelqu'un ? Miss Carlisle ? Et Mr Welman ? Ils sont en route.

De nouveau, Mrs Welman essaya de prononcer quelques mots incohérents que le Dr Lord écouta avec attention.

– Vous désiriez qu'ils viennent mais il ne s'agit pas de cela. Quelqu'un d'autre alors ? Un parent ? Non ? Une question d'affaires ? Je vois. Cela a un rapport avec l'argent ? Un *notaire* ? C'est cela, n'est-ce pas ? Vous voulez voir votre notaire ? Vous avez des instructions à lui donner ?

» Allez, allez, maintenant, restez tranquille. Vous avez tout le temps. Qu'est-ce que vous dites ?... Elinor ? (Il venait de reconnaître le nom.) Elle sait qui est votre notaire ? Et elle arrangera cela avec lui ? Parfait. Elle va arriver d'ici une demi-heure. Je lui dirai ce que vous voulez, je monterai vous voir avec elle et nous nous occuperons de tout. Ne vous faites plus de souci, je veillerai à ce que tout soit fait comme vous le souhaitez.

Il resta un instant pour s'assurer qu'elle se détendait, puis il sortit doucement sur le palier, suivi par miss O'Brien. Comme miss Hopkins débouchait en haut de l'escalier, il la salua d'un signe de tête. Elle bafouilla, haletante :

– Bonsoir, docteur.

– Bonsoir, miss Hopkins.

Il entra avec les deux infirmières dans la chambre de miss O'Brien, et leur communiqua ses instructions. Miss Hopkins passerait la nuit là pour aider miss O'Brien.

– Demain, il faudra que j'engage une autre infirmière permanente. Ça tombe mal, cette épidémie de diphtérie à Stamford. Les cliniques n'ont déjà pas assez de personnel.

Puis, ayant donné ses ordres qui furent écoutés dans la plus déférente attention – ce qui, en d'autres occasions, l'eût réjoui –, le Dr Lord descendit au rez-de-chaussée pour accueillir la nièce et le neveu de Mrs Welman. D'après sa montre, ils ne devaient plus tarder. Dans le hall, il rencontra Mary Gerrard, le visage pâle et inquiet. Elle s'enquit :

– Comment va-t-elle ?

Le Dr Lord n'enjoliva pas le tableau :

– Je vais m'arranger pour qu'elle passe une nuit calme... c'est à peu près tout ce que je peux faire.

La voix de Mary se brisa :

– C'est si cruel... si injuste...

Le médecin hocha la tête avec sympathie :

– Oui, c'est l'impression qu'on a parfois. Je crois que...

Il s'interrompit :

– Ah, voici la voiture !

Il sortit et Mary grimpa l'escalier quatre à quatre.

Sitôt dans le salon, Elinor n'y tint plus :

– Elle est très mal ?

Roddy avait le teint pâle et décomposé.

– Je crains que vous n'ayez un choc, les prévint le médecin. Elle est complètement paralysée. On ne comprend pas ce qu'elle dit. À propos, quelque chose la tracasse. Cela concerne son notaire. Vous le connaissez, miss Carlisle ?

– Me Seddon, Bloomsbury Square, répondit-elle aussitôt. Mais on ne le trouvera pas là à une heure aussi tardive et je ne connais pas son adresse personnelle.

Le Dr Lord se voulut rassurant :

– Vous aurez tout le temps demain. Mais je voudrais la calmer le plus vite possible. Si vous voulez bien monter avec moi, miss Carlisle, à nous deux je pense que nous y parviendrons.

– Bien sûr. Allons-y.

– Vous n'avez pas besoin de moi ? s'enquit Roddy, une nuance d'espoir dans la voix.

Il se sentait un peu honteux, mais il était terrorisé à l'idée d'entrer dans la chambre de tante Laura, de la voir clouée dans son lit, inerte, incapable de parler.

Le Dr Lord s'empressa de le tranquilliser :

– Non, non, Mr Welman, cela ne servirait à rien. Il vaut mieux qu'il n'y ait pas trop de monde auprès d'elle.

Roddy ne put cacher son soulagement.

Le Dr Lord et Elinor montèrent jusqu'à la chambre. Miss O'Brien était au chevet de la malade.

Laura Welman gisait dans une sorte d'hébétude, le souffle lourd et bruyant. Devant ce masque déformé, Elinor resta pétrifiée.

Soudain, la paupière droite de Mrs Welman frémit et se souleva. Son visage se modifia légèrement lorsqu'elle reconnut Elinor. Elle essaya de parler :

– *Elinor...*

Un son incompréhensible pour quiconque n'aurait pas deviné ce qu'elle voulait dire.

Elinor se pencha vivement :

– Je suis là, tante Laura. Quelque chose te tracasse ? Tu veux que je fasse venir Me Seddon ?

Encore une succession de sons rauques dont Elinor devina le sens. Elle questionna :

– Mary Gerrard ?

La main droite se leva lentement dans un acquiescement tremblant.

Une long borborygme sortit de la bouche de la malade. Le Dr Lord et Elinor, sourcils froncés, ne comprenaient pas. Elle répéta à n'en plus finir. Au bout du compte, Elinor saisit un mot :

– *Disposition ?* Tu veux prendre des *dispositions* pour elle dans ton testament ? Tu veux lui laisser de l'argent ? J'ai compris, tante Laura. Ne t'en fais pas, Me Seddon va venir demain et tout sera fait comme tu le souhaites.

La malade parut soulagée. Son regard suppliant perdit son expression de détresse. Elinor lui prit la main et sentit une faible pression des doigts.

– *Vous... tous... vous...*, prononça Mrs Welman avec beaucoup d'efforts.

– Oui, oui, laisse-moi faire, acquiesça Elinor. Je veillerai à ce que tout soit fait comme tu le souhaites.

Elle sentit de nouveau la pression des doigts. Puis la main se relâcha. Les paupières battirent et se fermèrent.

Le Dr Lord prit le bras d'Elinor et l'entraîna doucement hors de la chambre. Miss O'Brien se réinstalla à sa place à côté du lit.

Sur le palier, Mary Gerrard parlait avec miss Hopkins. Elle fit un pas en avant :

– Oh, docteur, je vous en supplie, puis-je aller auprès d'elle ?

Il hocha la tête :

– Oui, mais restez calme, ne la perturbez pas.

Mary se dirigea vers la chambre.

– Votre train a eu du retard, commenta aussitôt le Dr Lord. Vous...

Il se tut.

Elinor avait tourné la tête et observait Mary. Tout à coup elle s'aperçut qu'il ne parlait plus. Et, se retournant vers lui, elle l'interrogea des yeux. Il la contemplait d'un air surpris. Elinor se sentit rougir.

– Je vous demande pardon, s'empressa-t-elle de s'excuser. Que disiez-vous ?

– Ce que je disais ? articula lentement Peter Lord. Je n'en sais plus rien. Vous avez été formidable, miss Carlisle, reprit-il avec chaleur. Perspicace, rassurante, exactement ce qu'il fallait.

On entendait miss Hopkins renifler à petits coups.

– La pauvre chérie, reprit Elinor. Ça me bouleverse de la voir comme ça.

– Oui, mais vous ne le montrez guère. Vous possédez beaucoup d'empire sur vous-même.

Elinor pinça les lèvres :

– J'ai appris à ne pas... faire étalage de mes sentiments.

– Mais le masque tombe forcément à un moment quelconque.

Miss Hopkins venait de s'engouffrer d'un air affairé dans la salle de bains.

Haussant ses sourcils délicats et le regardant droit dans les yeux, Elinor répéta :

– Le masque ?

Le Dr Lord insista :

– Le visage humain est-il autre chose qu'un masque ?

– Et dessous ?

– Dessous, il y a l'homme primitif, ou la femme primitive...

Elinor se détourna brusquement et commença à descendre l'escalier. Peter Lord suivit, perplexe et inhabituellement grave.

Roddy vint à leur rencontre dans le hall.

– Alors ? demanda-t-il, anxieux.

– La pauvre chérie, dit Elinor, c'est si triste de la voir... Tu ne devrais pas y aller, Roddy, pas avant... avant... qu'elle te réclame.

– Elle voulait quelque chose de spécial ?

Peter Lord se tourna vers Elinor :

– Il faut que je m'en aille. Je ne peux rien faire d'autre pour le moment. Je serai là tôt, demain matin. Au revoir, miss Carlisle. Ne... ne vous faites pas trop de souci.

Il retint sa main quelques instants. Son étreinte était curieusement réconfortante. Il la regardait d'une façon qu'elle jugea étrange, comme si... comme s'il se faisait du souci pour elle.

Dès que la porte se fut refermée, Roddy répéta sa question.

– Tante Laura s'inquiète au sujet... au sujet de certaines affaires à régler, lui répondit aussitôt Elinor. J'ai réussi à la tranquilliser. Je lui ai dit que Me Seddon viendrait demain. Il faudra lui téléphoner à la première heure.

– Elle veut refaire son testament ? demanda Roddy.

– Elle n'a pas dit ça, le détrompa à demi Elinor.

– Qu'est-ce qu'elle... ?

Il s'interrompit au milieu de sa question.

Mary Gerrard descendait les escaliers en courant. Elle traversa le hall et disparut en direction des cuisines.

– Eh bien ? l'interrogea Elinor d'un ton rauque. Qu'est-ce que tu voulais savoir ?

– Je... quoi ? répondit Roddy, la tête ailleurs. Je... je ne sais plus ce que c'était.

Il regardait fixement la porte par laquelle avait disparu Mary Gerrard.

Elinor serra les poings jusqu'à sentir la morsure de ses ongles effilés dans la chair de ses paumes.

« Ça, je ne peux pas le supporter... je ne peux pas..., pensait-elle. Ce n'est pas mon imagination, c'est la vérité... Roddy... Roddy... je ne peux pas te perdre. »

Et aussi : « Qu'est-ce que disait cet homme... le médecin... *qu'est-ce qu'il a vu sur mon visage, là-haut ?* Il a vu quelque chose... *Oh, mon Dieu, la vie est atroce, c'est atroce d'éprouver ce que j'éprouve. Allez, dis quelque chose, idiote ! Reprends-toi !* »

– Pour le repas, Roddy, dit-elle d'une voix ferme, je n'ai pas très faim, je vais m'installer près de tante Laura, comme ça les deux infirmières pourront descendre.

– Et dîner avec *moi* ? paniqua Roddy.

– Qu'est-ce que tu crois ? lui répondit Elinor avec froideur. Qu'elles vont te manger ?

– Mais toi ? Il faut que tu avales quelque chose. Pourquoi est-ce que nous ne dînons pas d'abord et que nous ne les laissons pas descendre ensuite ?

– Non, c'est mieux comme ça. Elles sont... elles sont tellement susceptibles, ajouta-t-elle avec violence.

« Je ne peux passer tout le temps d'un repas seule avec lui..., pensait-elle. Je ne peux pas bavarder, faire comme si de rien n'était... »

– Oh ! Et puis laisse-moi faire, dit-elle d'un ton exaspéré.

4

Le lendemain matin, ce ne fut pas une femme de chambre qui réveilla Elinor, mais Mrs Bishop en personne, toute bruissante dans ses atours noirs d'un autre temps. Elle pleurait sans retenue :

— Oh, miss Elinor, elle est partie...

— Quoi ?

Elinor se redressa dans son lit.

— Votre tante chérie, Mrs Welman, ma chère maîtresse... Partie dans son sommeil.

— Tante Laura ? Morte ?

Elinor, les yeux écarquillés, semblait incapable de comprendre.

Les pleurs de Mrs Bishop redoublèrent.

— Quand je pense ! sanglotait-elle. Après toutes ces années ! Dix-huit ans que je suis ici. Et dire que ça a passé si vite...

— Alors tante Laura est morte pendant son sommeil, murmura Elinor. Elle a eu une mort paisible... Quelle bénédiction pour elle !

Mrs Bishop pleurait de plus belle :

— C'est si *soudain*. Avec le docteur qui avait dit qu'il allait venir ce matin, et tout qui suivait son cours habituel.

— Ce n'est pas si *soudain* que ça, répliqua Elinor, assez sèchement. Après tout, ça fait un bon moment qu'elle était malade. Et moi, ce dont je suis reconnaissante, c'est qu'elle n'ait pas eu à souffrir plus longtemps.

D'une voix baignée de larmes, Mrs Bishop convint que c'était au moins une consolation.

— Qui va prévenir Mr Roderick ? ajouta-t-elle.

— J'y vais, répondit Elinor.

Elle enfila un peignoir, et alla frapper à sa porte.

— Entrez ! cria-t-il.

Elle entra en trombe :

– Tante Laura est morte, Roddy. Elle est morte en dormant.

Roddy s'assit dans son lit et poussa un long soupir :

– Pauvre chère tante Laura ! En tout cas, on peut remercier le Ciel. Je n'aurais pas supporté de la voir traîner dans l'état où je l'ai vue hier.

– J'ignorais que tu l'avais vue, dit Elinor machinalement.

Roddy hocha la tête d'un air gêné :

– Pour être sincère, Elinor, je n'étais vraiment pas fier de m'être dégonflé ! Alors, hier soir, j'ai traînaillé dans le coin. J'ai vu l'infirmière, la grosse, quitter la chambre – avec une bouillotte, je crois bien – et j'en ai profité pour me glisser à l'intérieur. Bien sûr, elle ne s'est pas rendu compte que j'étais là. Je suis resté un petit moment à la regarder. Et puis dès que j'ai entendu les croquenots de Florence Nightingale dans l'escalier, j'ai filé. Mais c'était... assez atroce !

– Oui, en effet.

– Elle aurait... haï tout ça.

– Je sais.

– C'est merveilleux, cette façon qu'on a de penser toujours la même chose.

– Oui, c'est merveilleux, répéta Elinor à voix basse.

– En ce moment, ajouta-t-il, on pense tous les deux la même chose, et ce qu'on éprouve c'est *une infinie reconnaissance qu'elle en ait terminé avec tout ça...*

*

– Qu'est-ce qui vous arrive, miss Hopkins ? dit miss O'Brien. Vous avez perdu quelque chose ?

Miss Hopkins, le visage apoplectique, fouillait dans une mallette qu'elle avait laissée la veille au soir dans le hall.

– C'est très embêtant, maugréa-t-elle. Comment j'ai bien pu faire ça, je n'arrive pas à comprendre !

– Qu'est-ce qui se passe ?

Miss Hopkins s'embarqua dans une explication confuse :

— C'est Eliza Rykin... le sarcome... vous savez. Je dois lui faire des doubles doses de morphine matin et soir. J'ai fini un tube hier soir avant de venir ici, et j'aurais juré que j'avais le tube neuf dans ma trousse.

— Cherchez mieux, ces tubes sont tellement petits.

Miss Hopkins explora une dernière fois le contenu de la mallette :

— Non, il n'y est pas ! Tout compte fait, j'ai dû le laisser dans mon buffet ! Franchement, je pensais avoir meilleure mémoire, j'aurais juré que je l'avais emporté !

— Vous n'avez pas laissé traîner votre trousse quelque part en route ?

— Bien sûr que non ! rétorqua miss Hopkins.

— Eh bien, alors, il n'y a pas de *problème* ?

— Oh, non ! Le seul endroit où je l'ai posée, c'est dans le hall, et personne ici n'irait chaparder quelque chose ! Non, c'est sans doute ma mémoire qui me joue des tours. Mais c'est contrariant, quand même... En plus, ça va me forcer à repasser chez moi, à l'autre bout du village, avant de faire ma tournée.

— J'espère que vous n'aurez pas une journée trop fatigante, après la nuit que nous avons passée. Pauvre femme, je pensais bien qu'elle n'en avait plus pour longtemps.

— Moi aussi. Mais c'est le docteur qui va être surpris.

— Il est toujours tellement *optimiste*, déclara miss O'Brien avec une nuance de reproche dans la voix.

Miss Hopkins se préparait à partir.

— Ah ! s'exclama-t-elle, il est jeune ! Il n'a pas notre expérience.

Et, sur cette constatation morose, elle s'en fut.

*

Le Dr Lord se figea. Ses sourcils blond-roux grimpèrent si haut qu'ils se confondirent presque avec sa tignasse.

— Alors... le cœur a lâché, hein ?

— Oui, docteur, dit miss O'Brien.

Les détails lui brûlaient le bout de la langue, mais, en fille disciplinée, elle attendit.

— Lâché ? répéta Peter Lord, songeur.

Il réfléchit deux secondes, puis demanda brusquement :

— Apportez-moi de l'eau bouillante.

Miss O'Brien en resta pantelante. Elle ne comprenait pas ce qui se passait, mais elle ne posa pas de question. Si un médecin lui avait intimé l'ordre d'aller lui chercher la peau d'un crocodile, elle aurait automatiquement murmuré : « Oui, docteur », comme un bon petit soldat et, sans un bruit, se serait aussitôt mise en campagne.

*

— Vous voulez dire que ma tante est morte *intestat* ? demanda Roderick Welman... Qu'elle n'a jamais fait de testament *du tout* ?

Mᵉ Seddon essuya ses lunettes :

— Ça semble être le cas.

— Mais c'est incroyable ! s'exclama Roddy.

Mᵉ Seddon eut une petite toux désapprobatrice :

— Pas si incroyable que vous le pensez. Cela arrive plus souvent qu'on ne l'imagine. Cela obéit à une sorte de superstition. Les gens pensent qu'ils ont tout le temps devant eux. Le simple fait de rédiger leur testament leur donne l'impression de tenter la mort. C'est très curieux, mais c'est ainsi.

— Vous ne lui avez jamais... euh... fait de remarques à ce sujet ? s'enquit Roddy.

— Si, fréquemment, répondit sèchement Mᵉ Seddon.

— Et elle disait quoi ?

— Ce qu'on dit toujours dans ces cas-là : qu'il y avait bien le temps, qu'elle n'avait pas l'intention de mourir tout de suite ! Qu'elle n'avait pas encore tout à fait décidé ce qu'elle ferait de son argent...

– Mais, sûrement, après sa première attaque..., coupa Elinor.

– Oh non, c'était encore pire ! Elle ne voulait même plus en entendre parler !

– Bizarre, non ? s'étonna Roddy.

– Mais non. Sa maladie l'angoissait beaucoup, c'est pour ça.

– Pourtant, elle voulait mourir..., dit Elinor, perplexe.

M⁰ Seddon astiqua ses lunettes :

– Ah, chère mademoiselle, l'esprit humain est une machine bien étrange. Mrs Welman *pensait* peut-être qu'elle voulait mourir, mais en même temps, elle n'a jamais cessé d'espérer guérir complètement. Et à cause de cet espoir, je pense qu'elle avait l'impression que faire son testament lui porterait malheur. Ce n'est pas qu'elle n'avait pas l'intention de le faire, mais elle en repoussait sans cesse le moment.

» Vous savez bien, vous, poursuivit M⁰ Seddon, s'adressant soudain à Roddy de façon quasi personnelle, comme on s'arrange pour éviter ce qu'on estime détestable – les choses qu'on ne veut pas affronter ?

– Oui, je... je... oui, bien sûr, balbutia Roddy en rougissant. Je comprends ce que vous voulez dire.

– Eh bien c'est comme ça, dit M⁰ Seddon. Mrs Welman avait toujours l'*intention* de faire son testament, mais elle trouvait toujours aussi que demain ferait beaucoup mieux l'affaire qu'aujourd'hui ! Elle se persuadait qu'elle avait tout le temps.

– Alors c'est pour ça qu'elle était si agitée hier soir, murmura Elinor. Si anxieuse de vous voir...

– Sans aucun doute ! répondit M⁰ Seddon.

– Mais maintenant, qu'est-ce qui va se passer ? demanda Roddy, déconcerté.

– Pour la succession de Mrs Welman ?

Le notaire toussota :

– Eh bien, puisque Mrs Welman est morte intestat, tous

ses biens reviennent à sa parente la plus proche, c'est-à-dire à miss Carlisle.

— Tout me revient à *moi*? dit lentement Elinor.

— Sauf une taxe prélevée par la Couronne, précisa Me Seddon.

Il exposa la situation en détail.

— Il n'y a donc ni donation ni fidéicommis, conclut-il, et Mrs Welman était en droit de disposer de ses biens comme elle l'entendait. Par conséquent, miss Carlisle hérite de la totalité. Euh... les droits de succession seront assez élevés, je le crains, mais il restera encore une fortune considérable, investie dans des valeurs sûres.

— Mais... et Roderick? questionna Elinor.

Me Seddon émit une petite toux d'excuse :

— Mr Welman n'est que le neveu du *mari* de Mrs Welman. Le lien du sang n'existe pas en l'occurrence.

— En effet, dit Roddy.

— Évidemment, remarqua Elinor, peu importe qui de nous deux hérite, puisque nous allons nous marier.

Mais elle avait évité de regarder Roddy.

Ce fut au tour de Me Seddon de déclarer :

— En effet !

Il l'avait dit très vite.

*

— Mais ça n'a pas d'importance, n'est-ce pas? demanda Elinor d'un ton presque implorant.

Me Seddon s'en était allé.

Le visage de Roddy se crispa nerveusement.

— C'est à toi que ça revient de droit, dit-il. Et c'est très bien comme ça ! Bon Dieu, Elinor, ne va pas te fourrer dans la tête que je t'abandonne tout ça à contrecœur. Je n'en veux pas, de ce foutu argent !

— Roddy, reprit Elinor d'une voix mal assurée, nous

étions d'accord, l'autre jour, à Londres, que cela n'avait pas d'importance puisque... puisque nous devions nous marier.

Il resta silencieux.

— Tu ne te rappelles pas, Roddy ? insista-t-elle.

— Si.

Il contemplait le bout de ses chaussures, son visage était pâle et morose, sa bouche expressive trahissait une souffrance.

Elinor releva bravement la tête :

— Ça n'a pas d'importance... *si nous nous marions... Mais est-ce que nous allons le faire, Roddy ?*

— Faire quoi ?

— Est-ce que nous allons nous marier ?

— Ce n'était pas l'idée ?

Son ton était indifférent, un tantinet acide.

— Naturellement, Elinor, poursuivit-il, si tu as changé d'avis...

— Oh, Roddy ! Tu ne peux pas être *honnête* ? s'écria-t-elle.

Il tressaillit.

— Je ne sais pas ce qui m'arrive..., commença-t-il d'une voix défaite.

— Moi je sais..., murmura Elinor dans un souffle.

— Il y a peut-être du vrai là-dedans, reprit-il précipitamment. Au fond, l'idée de vivre aux crochets de ma femme ne me plaît pas du tout...

— Il ne s'agit pas de cela, fit Elinor, blême. Il s'agit d'autre chose... C'est... c'est Mary, n'est-ce pas ?

— Oui, je suppose, répondit Roddy d'une voix lamentable. Comment as-tu deviné ?

Elinor eut un sourire crispé :

— Ce n'était pas difficile... Chaque fois que tu la regardes, c'est... c'est écrit sur ta figure...

Roddy s'effondra d'un coup :

— Oh, Elinor... je ne comprends pas ce qui se passe ! Je crois que je deviens fou ! Ça m'est tombé dessus la première fois que je l'ai vue, dans les bois... rien que son visage... tout a basculé. Toi, tu ne peux pas comprendre ça...

— Si, je peux. Continue.

— Je n'ai jamais voulu tomber amoureux d'elle..., gémit-il, désespéré. J'étais très heureux avec toi. Oh, Elinor, quel goujat je fais de te parler comme ça...

— Ne sois pas ridicule ! Allez, dis-moi tout...

— Tu es merveilleuse... Ça me fait tellement de bien de te parler. Je t'aime tellement, Elinor ! Tu dois me croire ! Ce qui m'arrive maintenant, c'est comme si j'étais envoûté ! Tout est sens dessus dessous : ma conception de la vie... tout ce qui en faisait le charme à mes yeux... la décence, la raison...

— L'amour... ça n'est pas très raisonnable, remarqua doucement Elinor.

— Non..., répondit-il d'un ton misérable.

— Tu lui as dit quelque chose ? demanda Elinor d'une voix un peu tremblante.

— Ce matin... j'étais comme fou... j'ai perdu la tête...

— Oui ?

— Elle m'a tout de suite fait taire, évidemment ! Elle était très choquée. À cause de tante Laura... à cause de toi...

Elinor retira le diamant qu'elle portait à son doigt.

— Il vaut mieux que tu le reprennes, dit-elle en le tendant à Roddy.

— Elinor, tu ne peux pas savoir à quel point je me sens moche, murmura-t-il en le prenant sans la regarder.

— Tu crois qu'elle acceptera de t'épouser ? demanda-t-elle calmement.

Il secoua la tête :

— Je n'en sais rien. Pas... pas avant longtemps, en tout cas. Je ne crois pas qu'elle m'aime... mais un jour, peut-être...

— Tu as raison. Il faut que tu lui donnes du temps. Éloigne-toi d'elle pour le moment, et puis... recommence tout de zéro.

— Elinor chérie ! Tu es la meilleure amie qu'on puisse rêver !

Il lui saisit la main pour l'embrasser :

— Elinor, je t'assure que je t'aime... je t'aime toujours autant. J'ai parfois l'impression que Mary n'est qu'un rêve. Je vais me réveiller – et découvrir qu'elle n'a jamais existé...

— Si Mary n'existait pas...

— Il y a des moments où je le souhaite, murmura Roddy avec ferveur. Toi et moi, nous sommes l'un à l'autre, n'est-ce pas, Elinor ?

Elle baissa lentement la tête.

— Oui, dit-elle. Oui... nous sommes l'un à l'autre.

« Si Mary n'existait pas... » songea-t-elle.

5

— Ça, pour un bel enterrement, c'était un bel enterrement ! s'exclama miss Hopkins tout émue.

— Oh, oui ! Et toutes ces fleurs ! s'extasia miss O'Brien. Vous en avez déjà vu d'aussi belles ? La harpe tout en lis blancs et la croix de roses jaunes, c'était magnifique.

Miss Hopkins soupira tout en se beurrant une tranche de cake. Les deux infirmières prenaient le thé à la *Mésange Bleue*.

— Miss Carlisle est généreuse, poursuivit miss Hopkins. Elle m'a fait un beau cadeau, et pourtant rien ne l'y obligeait.

— Oui, approuva miss O'Brien avec flamme, elle a le cœur sur la main. S'il y a une chose que je déteste, c'est bien la pingrerie !

— Ma foi, elle hérite d'une jolie fortune.

— Ce que je me demande..., commença miss O'Brien.

— Oui ?

— C'est bizarre que la vieille dame n'ait pas fait de testament.

— Ce n'est pas bien, décréta miss Hopkins d'un ton cassant. On devrait forcer les gens à en faire un ! Quand ils n'en font pas, ça n'amène que des ennuis.

— Ce que je me demande, répéta miss O'Brien, c'est à qui elle aurait laissé son argent si elle en avait fait un.

— Moi, je sais en tout cas une bonne chose, affirma miss Hopkins.

— Quoi donc ?

— Elle aurait laissé une somme à Mary... Mary Gerrard.

— Ça, c'est bien vrai, approuva l'autre. Est-ce que je ne vous ai pas raconté dans quel état elle était, ce soir-là, la pauvre femme ? ajouta-t-elle, très excitée. Et avec ça que le docteur faisait tout son possible pour la calmer ! Même que miss Elinor était là à tenir la main de sa chère tante dans la sienne, et même qu'elle a juré devant Dieu Tout-Puissant (Miss O'Brien se laissait soudain emporter par son imagination d'Irlandaise) qu'on enverrait chercher le notaire et que tout serait fait comme elle voulait. Et la pauvre Mrs Welman qui répétait : «Mary ! Mary !» «Mary Gerrard ?» a demandé miss Elinor et elle a juré tout de suite que Mary ne serait pas lésée.

— Ça s'est passé comme ça ? demanda miss Hopkins plutôt sceptique.

— Comme je vous le dis, et laissez-moi vous dire une chose, miss Hopkins : si Mrs Welman avait vécu assez longtemps pour le faire, ce testament, eh bien on aurait pu avoir des surprises. Si ça se trouve, elle aurait tout légué à Mary Gerrard, jusqu'à son dernier sou !

— Oh, elle n'aurait pas fait ça ! M'est avis qu'on ne déshérite pas sa propre famille !

— Il y a famille et famille, répliqua miss O'Brien d'un air sibyllin qui fit instantanément réagir miss Hopkins.

— Allons bon, que voulez-vous dire ?

— Je ne suis pas du genre à cancaner, répondit miss O'Brien, drapée dans sa dignité. Je n'irais pas raconter des choses sur une morte.

Miss Hopkins hocha lentement la tête :

– Vous avez raison. Je suis bien d'accord avec vous. Moins on parle, mieux ça vaut.

Elle remplit la théière.

– Au fait, reprit miss O'Brien, vous avez retrouvé ce tube de morphine en rentrant chez vous ?

Miss Hopkins se rembrunit :

– Non. Je n'arrive pas à comprendre ce qu'il est devenu, mais je me dis que ça a pu se passer comme ça : ça n'est *pas impossible* que je l'aie posé sur la cheminée – je fais souvent ça quand je referme le buffet – et ça n'est *pas impossible* qu'il ait roulé et qu'il soit tombé dans la corbeille à papiers qui était pleine et que j'ai vidée dans la poubelle en quittant la maison... Ça *doit* être ça, parce que je ne vois pas d'autre explication.

– Oui... C'est ce qui a dû se passer. Ce ne serait pas la même chose si vous aviez laissé traîner votre trousse quelque part – ailleurs que dans le hall de Hunterbury –, donc, c'est sûrement la bonne explication. Il est parti dans la poubelle.

– Voilà, déclara miss Hopkins avec empressement. Il ne peut pas y avoir d'autre solution, n'est-ce pas ?

Elle prit un gâteau glacé de sucre rose :

– Ce n'est pas comme si...

Sa phrase resta en suspens.

Miss O'Brien acquiesça vivement, un peu trop vivement peut-être.

– À votre place, je ne m'inquiéterais plus, déclara-t-elle, paisible.

– Je ne m'inquiète *pas*..., affirma miss Hopkins.

*

Juvénile et sévère dans sa robe noire, Elinor était installée dans la bibliothèque, devant l'imposant bureau de Mrs Welman. Le plateau était jonché de papiers divers. Elle venait de recevoir les domestiques et Mrs Bishop. C'était maintenant au tour de Mary d'entrer. Celle-ci hésita un instant sur le pas de la porte :

— Vous désiriez me voir, miss Elinor ?

Elinor leva les yeux :

— Ah, Mary ! Oui, entrez et asseyez-vous.

Mary vint prendre place sur le siège qu'Elinor lui indiquait. Il était tourné vers la fenêtre, et la lumière du jour éclaira le visage de la jeune fille, révélant la radieuse pureté de son teint et faisant scintiller l'or pâle de sa chevelure.

Elinor porta la main à son front. Entre ses doigts, elle pouvait voir la jeune fille.

« Est-il possible de haïr quelqu'un à ce point sans le montrer ? » songea-t-elle.

— Mary, préluda-t-elle dans un style cordial et direct, vous n'ignorez pas, je pense, que ma tante s'intéressait beaucoup à vous et qu'elle se souciait de votre avenir.

— Mrs Welman a toujours été très bonne pour moi, dit Mary de sa voix douce.

— Ma tante, je le sais, poursuivit Elinor d'un ton froid, aurait souhaité faire plusieurs legs. Elle est morte sans avoir laissé de testament, il m'appartient donc d'accomplir sa volonté. J'ai consulté Me Seddon et, sur ses conseils, j'ai réparti une certaine somme entre les domestiques selon leur ancienneté, etc. (Elle se tut un instant.) Mais, bien sûr, vous n'entrez pas tout à fait dans cette catégorie.

Peut-être espérait-elle un peu que ces paroles blesseraient, mais le visage qu'elle épiait ne se modifia en rien. Mary n'y avait pas vu malice et attendait la suite sans broncher.

— Le dernier soir, bien qu'elle ait eu de grandes difficultés à parler clairement, ma tante m'a fait comprendre qu'elle tenait à assurer votre avenir.

— C'était très généreux de sa part, commenta Mary avec calme.

— Par conséquent, conclut Elinor assez brutalement, dès que la succession sera réglée, vous recevrez une somme de deux mille livres dont vous pourrez disposer comme vous l'entendrez.

Mary devint toute rose :

– Deux mille livres ? Oh, miss Elinor, vous êtes trop généreuse ! Je ne sais pas quoi dire.

– Ça n'a rien de particulièrement généreux de ma part, répliqua Elinor d'un ton sec. Aussi ne dites rien, je vous en prie.

Mary s'empourpra.

– Vous n'imaginez pas tout ce que cela va changer pour moi, murmura-t-elle.

– J'en suis heureuse, dit Elinor.

Elle hésita, regarda ailleurs et parvint enfin à demander :

– Puis-je savoir si vous avez des projets ?

– Oh oui ! répondit Mary avec empressement. Je vais apprendre un métier. Masseuse, peut-être. C'est ce que me conseille miss Hopkins.

– Cela me semble une excellente idée. Je vais m'arranger avec Me Seddon pour qu'on vous avance au plus tôt une partie de la somme – tout de suite si c'est possible.

– Vous êtes très, *très* bonne, miss Elinor ! s'exclama Mary, reconnaissante.

– C'était la volonté de tante Laura, répliqua Elinor d'une voix cassante.

Elle hésita, puis ajouta :

– Eh bien, ce sera tout, je pense.

Cette fois, la sensible Mary ne put ignorer qu'on la congédiait. Elle se leva.

– Je vous remercie beaucoup, miss Elinor, fit-elle, très calme – et elle sortit.

Elinor resta assise, le regard fixe, le visage impassible. Rien ne trahissait ce qui se passait dans son esprit. Mais elle resta là, immobile, pendant longtemps...

*

Elinor se mit enfin à la recherche de Roddy. Elle le trouva au petit salon, qui regardait par la fenêtre. Il se retourna brusquement.

– J'ai terminé ! annonça-t-elle. Cinq cents livres pour Mrs Bishop – elle est là depuis si longtemps. Cent livres pour la cuisinière, et cinquante chacune pour Milly et Olive. Cinq livres pour les autres, vingt-cinq pour Stephens, le chef jardinier. Et il y a le vieux Gerrard, à la loge, je n'ai encore rien décidé pour lui. C'est délicat. Il faudrait que je lui verse une pension, qu'est-ce que tu en penses ?

Elle se tut puis déclara d'une traite :

– Je vais remettre deux mille livres à Mary Gerrard. Tu crois que c'est ce qu'aurait voulu tante Laura ? J'ai l'impression que c'est convenable.

– C'est parfait, répondit Roddy sans la regarder. Tu as toujours eu un excellent jugement, Elinor.

Et il se remit à contempler le paysage par la fenêtre.

Elinor retint son souffle, puis les mots se bousculèrent sur ses lèvres, incohérents :

– Autre chose encore : je veux – c'est une question d'équité – enfin... il *faut* que tu reçoives ta part, Roddy.

Comme il se retournait vers elle, le visage contracté de colère, elle continua :

– Non, Roddy, *écoute*. Ce n'est que justice ! Ce qui appartenait à ton oncle te revient. C'est ce qu'il aurait voulu, et c'était l'intention de tante Laura, je le sais : elle l'a dit mille fois. Si *moi*, j'ai son argent à *elle*, *toi*, tu dois avoir ce qui était à *lui* – c'est une question d'équité. Je... je ne supporte pas l'idée de te voler... juste parce que tante Laura n'a pas eu le courage de faire son testament. Il faut... il *faut* que tu le comprennes !

Le long visage expressif de Roderick était d'une pâleur mortelle.

– Bon sang, Elinor ! Tu veux vraiment que je me sente le

dernier des derniers ? Comment peux-tu croire une seconde que je pourrais... que je pourrais accepter cet argent de toi ?

— Mais je ne t'en fais pas *cadeau*. Il est à toi.

— Je ne veux pas de ton argent ! hurla Roddy.

— Ce n'est pas mon argent !

— Si, légalement, c'est le tien, point final ! Bon Dieu, tenons-nous-en strictement au plan des affaires ! Je n'accepterai pas un sou de toi. Tu ne vas pas jouer les dames d'œuvres avec moi !

— Roddy !

Il eut un geste vif :

— Oh, ma chérie, je suis désolé. Je ne sais plus ce que je dis. Je ne sais plus où j'en suis...

— Pauvre Roddy..., dit doucement Elinor.

De nouveau, il lui tourna le dos et se mit à jouer avec le cordon du store.

— Est-ce que tu sais ce que... Mary Gerrard a l'intention de faire ? demanda-t-il d'un ton changé, détaché.

— Elle m'a dit qu'elle pensait suivre des cours pour devenir masseuse.

— Oh, je vois...

Le silence tomba. Elinor se ressaisit. Elle redressa la tête. Sa voix se fit soudain impérieuse :

— Roddy, je veux que tu m'écoutes attentivement !

Il lui fit face, un peu étonné :

— Bien sûr, Elinor.

— J'aimerais, si tu le veux bien, que tu suives mon conseil.

— Quel conseil ?

— Tu n'es pas tenu par des obligations particulières ? Tu peux partir en vacances quand tu veux, n'est-ce pas ?

— Oui, bien sûr.

— Alors... fais-le. Pars pour l'étranger, n'importe où, pendant... mettons trois mois. Pars seul. Fais-toi de nouveaux amis, découvre d'autres horizons. Parlons très franchement. Pour l'instant, tu te crois amoureux de Mary Gerrard. Tu l'es peut-être. Mais le moment est mal choisi pour te rapprocher

64

d'elle... et ça tu le sais très bien. Nos fiançailles sont rompues. Alors pars en voyage, en homme libre, et dans trois mois, prends ta décision, en homme libre. À ce moment-là, tu sauras si tu aimes vraiment Mary, ou si ce n'était qu'une passade. Et si tu es bien sûr que tu l'aimes, alors reviens et dis-le-lui – dis-lui que tu es parfaitement sûr de toi et peut-être alors qu'elle t'écoutera.

Roddy vint vers elle. Il prit sa main dans les siennes.

– Elinor, tu es merveilleuse ! Si lucide, si objective ! Il n'y a pas en toi une once de petitesse. Je n'ai pas de mots pour te dire comme je t'admire. Je vais faire exactement ce que tu me conseilles. Partir, couper les ponts... et découvrir si je suis vraiment malade d'amour ou si je me suis seulement couvert de ridicule. Oh ! Elinor, ma chère Elinor, tu ne sais pas à quel point je t'aime. Je me rends compte que tu es mille fois trop bien pour moi. Merci, ma chérie, pour tout ce que tu es.

Impulsivement, il lui déposa un baiser sur la joue et sortit.

Il ne se retourna pas et ne vit pas son visage.

Sans doute cela valait-il aussi bien.

*

Deux jours avaient passé lorsque Mary fit part à miss Hopkins de l'amélioration de ses espérances.

Femme à l'esprit pratique, celle-ci la félicita chaleureusement.

– C'est une grande chance pour vous, Mary, déclara-t-elle. La vieille dame voulait votre bien, sans doute, mais tant qu'elles ne sont pas écrites noir sur blanc, les meilleures intentions ne valent pas grand-chose. Vous auriez très bien pu ne rien avoir du tout.

– Miss Elinor m'a dit que Mrs Welman avait parlé de moi la nuit où elle est morte.

Miss Hopkins fit entendre un reniflement de mépris :

– Peut-être bien. Mais il y en a beaucoup qui se seraient

empressés de l'oublier. C'est comme ça, les héritiers ! J'en ai vu des choses, ça vous pouvez me croire ! Des gens sur leur lit de mort qui disaient qu'ils partaient avec la certitude que leur fille chérie ou leur fils adoré accomplirait leurs dernières volontés. Neuf fois sur dix, le fils adoré et la fille chérie trouvent une excellente raison de passer outre. La nature humaine est ce qu'elle est, et on ne se résigne pas facilement à lâcher de l'argent quand on n'y est pas contraint par la loi ! Je vous le dis, ma petite Mary, vous avez eu de la chance. Miss Carlisle est plus droite que la plupart des gens.

— Et pourtant – je ne sais pas pourquoi –, j'ai l'impression qu'elle ne m'aime pas.

— Ma foi, il faut aussi se mettre à sa place, dit miss Hopkins sans prendre de gants. Allons, Mary, ne jouez pas les innocentes ! Voilà un petit moment que Mr Roderick vous fait les yeux doux, non ?

Mary rougit.

— Et si vous voulez mon avis, il est drôlement mordu. C'est un coup de foudre ou je ne m'y connais pas. Mais vous, mon petit, vous êtes amoureuse de lui ?

— Je... je ne sais pas. Je ne crois pas... mais il est charmant, c'est vrai.

— Hum, grogna miss Hopkins. *Moi*, il ne me dirait rien. Le genre délicat et nerfs en pelote. Difficile question nourriture, ça je vous en fiche mon billet. De toute façon, c'est ça le problème, avec les hommes : le meilleur d'entre eux ne vaut pas tripette. Ne vous dépêchez pas trop, ma petite Mary. Avec votre physique, vous pouvez vous permettre de choisir. Miss O'Brien me disait l'autre jour que vous devriez faire du cinéma. Ils veulent des blondes à ce qu'il paraît.

— Miss Hopkins, dit Mary, l'air préoccupé, à votre avis, qu'est-ce que je dois faire pour mon père ? Il trouve que je devrais lui donner une partie de l'argent.

— Ne faites pas ça ! s'emporta miss Hopkins. Mrs Welman n'a jamais songé à lui léguer un sou. À mon avis, ça fait belle lurette qu'il aurait été flanqué dehors si vous n'aviez pas été là. Plus fainéant que lui, ça n'existe pas !

— C'est tout de même curieux qu'avec tout cet argent elle n'ait jamais fait de testament pour dire à qui elle voulait que ça aille.

— Les gens sont comme ça. C'est à ne pas croire. Ils remettent toujours au lendemain.

— Je trouve ça complètement idiot.

— Et vous, Mary, fit miss Hopkins l'œil malicieux, vous l'avez fait, votre testament ?

Mary la regarda, effarée :

— Moi ? Non !

— Vous êtes majeure, pourtant !

— Mais je... je n'ai rien à laisser... enfin maintenant, si, je suppose.

— Vous ne croyez pas si bien dire ! répliqua vertement miss Hopkins. Et une jolie petite somme, encore.

— Bah... rien ne presse.

— Et voilà ! Comme les autres ! fit miss Hopkins, pincée. Vous savez, ce n'est pas parce que vous êtes jeune et en bonne santé que ça vous empêchera de passer sous l'autobus ou de vous faire écrabouiller n'importe quand.

Mary se mit à rire :

— Je ne sais même pas comment on fait un testament.

— Rien de plus simple. Il suffit d'aller chercher un formulaire au bureau de poste. Tenez, allons-y tout de suite !

Elles rapportèrent le formulaire chez miss Hopkins, le posèrent sur la table et entamèrent les choses sérieuses. Miss Hopkins jubilait. En dehors d'une belle mort, s'exclama-t-elle, en verve, il n'y avait rien de mieux qu'un bon testament !

— À qui irait l'argent si je ne faisais pas de testament ? demanda Mary.

— À votre père, sans doute, répondit l'infirmière, sans conviction.

– Ah, non ! s'insurgea Mary. Je préférerais qu'il aille à ma tante de Nouvelle-Zélande.

– Ça ne servirait de toute façon pas à grand-chose de le laisser à votre père, fit gaillardement miss Hopkins. Personnellement, je ne le vois pas traîner encore bien longtemps en ce bas monde.

Mary avait trop souvent entendu miss Hopkins assener de telles sentences pour en être impressionnée.

– Je ne me rappelle pas l'adresse de ma tante. Ça fait des années que nous n'avons pas eu de ses nouvelles.

– Je ne pense pas que ça ait d'importance. Vous connaissez son prénom ?

– Mary. Mary Riley.

– Parfait. Écrivez que vous léguez tout à Mary Riley, sœur de feu Eliza Gerrard, de Hunterbury, Maidensford.

Penchée sur le formulaire, Mary se mit à écrire. Parvenue au bas de la page, elle frissonna un tantinet. Une ombre faisait soudain écran à la lumière du soleil. Elle leva les yeux et découvrit Elinor qui l'observait par la fenêtre.

– À quoi êtes-vous si occupée ? demanda Elinor.

– Elle fait son testament, répondit miss Hopkins en riant. Voilà ce qu'elle est en train de faire.

– Son testament ?

Tout d'un coup, un fou rire secoua Elinor – un fou rire étrange, presque hystérique :

– Alors, vous êtes en train de faire votre testament, Mary ? *Ça, c'est vraiment drôle. Ça, c'est vraiment très drôle !...*

Toujours riant à se tordre, elle fit demi-tour et s'éloigna rapidement dans la rue.

Miss Hopkins la suivit des yeux, effarée :

– Ça par exemple ! Qu'est-ce qui lui prend ?

*

Elinor n'avait pas fait une dizaine de pas – elle riait

encore – qu'une main se posa sur son épaule. Elle s'arrêta net et se retourna.

Sourcils froncés, le Dr Lord la regarda droit dans les yeux.

— Pourquoi riez-vous ? exigea-t-il, péremptoire.

— Ça, alors... Je n'en sais rien.

— Dans le genre réponse idiote, on ne fait pas mieux !

Elinor rougit :

— Ça doit être la nervosité... je ne sais pas. J'ai jeté un coup d'œil par la fenêtre de miss Hopkins... et j'ai vu Mary Gerrard en train de faire son testament. Ça m'a fait éclater de rire, je ne sais pas pourquoi.

— *Vous ne savez vraiment pas ?*

— C'était idiot de ma part... je vous l'ai dit, je vis sur les nerfs.

— Je vais vous prescrire un fortifiant.

— Voilà qui va me faire une belle jambe ! lança-t-elle, mordante.

Il eut un sourire désarmant :

— Ça ne vous servira à rien, je vous l'accorde. Mais c'est la seule chose que je peux faire quand les gens ne me disent pas ce qui cloche.

— Je n'ai rien qui cloche, affirma Elinor.

— Il y a des tas de choses qui clochent chez vous, répliqua le médecin avec calme.

— J'ai subi une trop grande tension nerveuse, j'imagine.

— Ça, ça ne fait pas l'ombre d'un doute. Mais ce n'était pas à ça que je faisais allusion. (Il se tut un instant.) Vous allez... vous allez rester encore un peu ici ?

— Je pars demain.

— Alors vous... vous ne comptez pas habiter Hunterbury ?

Elinor secoua la tête :

— Non... jamais. Je crois... je crois que je vais vendre si je reçois une offre intéressante.

— Je comprends..., répondit platement le Dr Lord.

— Il faut que je rentre.

Elle lui tendit une main ferme. Peter Lord la prit et la retint dans la sienne.

— Miss Carlisle, dit-il d'un ton sérieux, je vous en prie, voulez-vous me dire ce qui vous faisait tant rire tout à l'heure ?

Elle retira sa main d'un geste vif :

— Qu'est-ce qui aurait pu me faire rire ?

— C'est ce que j'aimerais savoir.

Il avait le visage grave et un peu triste.

— J'ai trouvé ça drôle, un point c'est tout ! répliqua Elinor, impatientée.

— Drôle que Mary Gerrard fasse son testament ? Pourquoi ? C'est un acte plein de bon sens, cela évite des tas d'ennuis. Parfois, bien sûr, cela en crée !

— Évidemment, reconnut Elinor, agacée, tout le monde devrait faire son testament. Ce n'est pas ça ce que je voulais dire.

— Mrs Welman aurait bien dû faire le sien.

— Ah, ça oui ! s'écria Elinor dont le visage se colora soudain.

— Et vous ? demanda à brûle-pourpoint le Dr Lord.

— *Moi ?*

— Eh bien oui, vous venez de dire que tout le monde devrait faire son testament ! Alors *vous*, vous êtes passée à l'exécution ?

Elinor le regarda, interloquée, puis elle éclata de rire :

— Ça, c'est tordant ! Non, je n'en ai pas fait ! Je n'y ai même pas songé ! Je ne vaux pas mieux que tante Laura. Vous savez une chose, docteur ? Eh bien, je vais de ce pas écrire à Mᵉ Seddon !

— Bonne idée, approuva Peter Lord.

*

Dans la bibliothèque, Elinor venait de finir d'écrire une lettre :

Cher Maître,
Voudriez-vous avoir la gentillesse de me préparer un tes-
tament à signer. Un acte très simple. Je tiens à ce que
Roderick Welman hérite de tous mes biens.
Bien à vous,

Elinor Carlisle

Elle consulta la pendule. Il restait quelques minutes avant
que le courrier parte.

En ouvrant le tiroir du bureau, elle se rappela qu'elle avait
utilisé son dernier timbre le matin même.

Mais il lui en restait sûrement quelques-uns dans sa
chambre.

Elle monta au premier. Quand elle réintégra la bibliothèque, le timbre à la main, elle trouva Roddy, debout près
de la fenêtre.

– Et voilà, marmonna-t-il, nous partons demain. Cher
vieil Hunterbury. Nous y aurons passé de bons moments.

– Ça t'ennuie que je vende ? s'enquit Elinor.

– Oh non, pas du tout ! Je suis persuadé que c'est la
meilleure solution.

Il y eut un silence. Elinor prit sa lettre et la parcourut pour
en vérifier la teneur. Puis elle cacheta l'enveloppe et y colla
le timbre.

6

Lettre de miss O'Brien à miss Hopkins, datée du
14 juillet :
Laborough Court
Chère Hopkins,
Voilà maintenant plusieurs jours que j'ai l'intention de

vous écrire. La maison est très agréable, pleine de tableaux – célèbres je crois. Mais je n'irai pas jusqu'à prétendre que ce soit aussi confortable que Hunterbury, si vous voyez ce que je veux dire. En rase campagne, ce n'est pas facile de trouver des bonnes, et les filles qu'ils ont dénichées sont plutôt mal dégrossies et pas trop serviables. Vous me connaissez, je ne suis pas le genre à faire des histoires, mais, quand même, les repas servis sur un plateau pourraient au moins être chauds. Rien pour mettre une bouilloire à chauffer, et le thé pas toujours fait avec de l'eau bouillante ! Enfin, la question n'est pas là. Mon malade est un charmant vieux monsieur bien tranquille – double pneumonie, mais le pire est passé et le docteur dit qu'il se remet.

Ce qu'il faut que je vous raconte et qui va vraiment vous intéresser, c'est la plus incroyable des coïncidences. Dans le salon, sur le piano à queue, il y a une photographie dans un grand cadre d'argent et, je vous le donne en mille, c'est la même photographie que celle dont je vous avais parlé – celle que Mrs Welman avait réclamée, avec *Lewis* écrit dessus. Alors, moi, bien sûr, vous pensez si ça m'a intriguée – je ne vois pas qui ne l'aurait pas été à ma place ! J'ai demandé au maître d'hôtel qui c'était, et il m'a répondu qu'il s'agissait du frère de lady Rattery, sir Lewis Rycroft. Il avait, si j'ai bien compris, habité pas loin d'ici et il était mort à la guerre. C'est d'une tristesse ! non ? Mine de rien, j'ai demandé s'il était marié, et le maître d'hôtel m'a répondu que oui, mais que lady Rycroft, la pauvre, avait été internée dans un asile d'aliénés peu après son mariage. Il paraît qu'elle vit encore. Vous ne trouvez pas ça passionnant ? Et avouez que nous nous étions complètement trompées dans nos pronostics. Ils ont dû être éperdument amoureux l'un de l'autre, Mrs W. et lui, mais sans pouvoir se marier du fait que sa femme était chez les fous. On jurerait un film, non ? Et elle qui repense à toutes ces années et qui regarde cette photographie juste avant de mourir ! Il a été tué en 1917, m'a dit le maître d'hôtel. Ça, pour une histoire d'amour, si vous voulez mon avis, c'est une belle histoire d'amour.

Est-ce que vous êtes allée voir le nouveau film avec Myrna Loy ? Je crois qu'on le donne à Maidensford cette semaine. Ici, pas de cinéma à des kilomètres. C'est atroce, d'être enterré en pleine campagne ! Pas étonnant qu'on ne trouve pas de bonnes convenables !

Sur ce, je vous quitte, ma chère, écrivez-moi pour me raconter *tout* ce qui se passe.

Amicalement,

Eileen O'Brien.

Lettre de miss Hopkins à miss O'Brien, datée du 14 juillet :

Rose Cottage

Chère O'Brien,

Rien de bien nouveau ici. Hunterbury est désert, tous les domestiques sont partis et on a accroché une pancarte « À vendre ». L'autre jour, j'ai rencontré Mrs Bishop. Elle s'est installée chez sa sœur qui habite à un kilomètre de Maidensford. Elle était bouleversée par la mise en vente de la propriété, comme vous pouvez imaginer. Elle était persuadée que miss Carlisle épouserait Mr Welman et qu'ils vivraient à Hunterbury. Mrs B. dit que leurs fiançailles sont rompues ! Miss Carlisle est retournée à Londres juste après votre départ. Elle a eu, une ou deux fois, un comportement *très* bizarre. Je ne savais plus que penser. Mary Gerrard est partie vivre à Londres, et elle a commencé à suivre des cours de massage. Sage décision, à mon avis. Miss Carlisle va lui donner deux mille livres, c'est bien généreux de sa part – beaucoup n'en auraient pas fait autant.

À propos, c'est drôle comme les choses se passent. Vous vous rappelez m'avoir parlé d'une photographie signée Lewis, que Mrs Welman vous a montrée ? Eh bien, je bavardais l'autre jour avec Mrs Slattery (elle était gouvernante chez le vieux Dr Ransome, celui qui a cédé sa clientèle au Dr Lord), et comme elle a passé toute sa vie ici, elle en connaît long sur la noblesse du coin. J'ai abordé le sujet, mine de rien, à propos de prénoms ; j'ai dit comme ça que Lewis n'était pas un prénom courant, et, parmi d'autres, elle a mentionné sir Lewis Rycroft, de Forbes Park. Il a servi au 17e Lanciers et a été tué vers la fin de la guerre. Alors j'ai encore dit comme ça : «*Il était très ami avec Mrs Welman de Hunterbury, non ?*» Et elle, aussitôt, elle m'a jeté un de ces *regards* ! «*Oui, très amis*, qu'elle m'a fait, *même qu'il y en a qui prétendent qu'ils étaient plus qu'amis.*» Sur quoi elle m'a dit, ce qui est bien vrai, qu'elle n'était pas du genre à cancaner... et pourquoi qu'ils auraient pas été amis ? J'ai une fois de plus dit comme ça que Mrs Welman était sûrement *veuve* à cette époque-là, et elle a répondu : «Oh oui, *elle* était veuve.» J'ai tout de suite compris, vous pensez, que ce «elle» n'était pas là par hasard, alors j'ai dit que c'était bizarre qu'ils ne se soient jamais mariés, et elle m'a répondu : «Ils pouvaient pas. Il en avait déjà *une*, de femme, *internée chez les fous* !» Ce qui fait que, maintenant nous savons *tout* ! C'est bizarre comme les choses se passent, pas vrai ? Mais quand on voit ce que c'est facile de divorcer aujourd'hui, c'est pas croyable de se dire qu'à l'époque la folie n'était pas considérée comme un motif valable.

Vous vous souvenez de Ted Bigland, ce beau garçon qui tournicotait autour de Mary Gerrard ? Il est venu me demander son adresse à Londres, mais je ne la lui ai pas donnée. À mon avis, elle est un cran au-dessus de Ted Bigland. Ma chère, je ne sais pas si vous vous en étiez rendu compte, mais Mr R.W. était complètement sous le charme. C'est bien malheureux parce que ça a fait des dégâts. Je vous fiche mon billet que c'est pour ça que ses fiançailles avec miss Carlisle ont été rompues. Et je vous prie de croire qu'elle en a beaucoup souffert. Je ne sais pas ce qu'elle pouvait lui trouver – en tout cas, moi, il ne m'aurait pas plu –, mais ce qui est sûr, d'après ce que j'ai entendu dire, c'est qu'elle est *toquée* de lui depuis toujours. Quelle histoire, non ? Et la voilà maintenant qui croule sous l'argent. Je crois qu'il avait toujours cru que sa tante lui laisserait une part du gâteau.

À la loge, le vieux Gerrard décline rapidement – il a eu plusieurs vertiges qui ne présagent rien de bon. Il est toujours aussi mal embouché. Il a été jusqu'à déclarer l'autre jour que Mary n'était pas sa fille. « Eh bien, moi, à votre place, que je lui ai dit comme ça, j'aurais *honte* d'insinuer des choses pareilles sur votre femme. » Alors il m'a regardée et il m'a dit : « Vous n'êtes qu'une andouille. Vous ne comprenez rien. » Aimable, pas vrai ? Je vous garantis que je l'ai rembarré comme il faut. D'après ce que j'ai pu savoir, avant de se marier Eliza Gerrard était la femme de chambre de Mrs Welman.

La semaine dernière, j'ai vu *Visages d'Orient*. Un bien beau film. Seulement ce n'est pas pour dire, mais, en Chine, les femmes ont l'air d'en voir de toutes les couleurs.

Votre fidèle,
Jessie Hopkins.

Carte postale de miss Hopkins à miss O'Brien :
Figurez-vous que nos lettres se sont croisées ! Quel temps affreux, n'est-ce pas ?

Carte postale de miss O'Brien à miss Hopkins :
J'ai reçu votre lettre ce matin. Ça, pour une *coïncidence* !

Lettre de Roderick Welman à Elinor Carlisle, datée du 15 juillet :
Chère Elinor,
Reçu ta lettre ce matin. Non, sincèrement, cela ne me fait *rien* que Hunterbury soit vendu. Mais c'est gentil de me consulter. Je pense que c'est la décision la plus sage si tu n'envisages pas d'y vivre, ce que je crois comprendre. Mais tu auras peut-être du mal à t'en débarrasser. C'est un peu grand pour le style de vie actuel, même si, bien sûr, il y a tout le confort moderne, le gaz, l'électricité, de bons logements pour les domestiques, et tout. En tout cas, je te souhaite bonne chance !

Ici, le temps est splendide. Je passe des heures à me baigner. Une foule de gens assez drôles, mais, tu sais, je me lie peu. Tu m'as dit un jour que je n'étais pas très sociable. J'ai bien peur que ce ne soit vrai. Je trouve l'humanité, dans son ensemble, remarquablement repoussante. Sans doute en a-t-elle autant à mon service.

Tu as toujours été à mes yeux l'un des rares êtres humains parfaitement satisfaisants. J'envisage d'aller baguenauder sur la côte dalmate d'ici une semaine ou deux. Adresse : c/o Thomas Cook, Dubrovnik, à partir du 22. Si je peux t'être utile en quoi que ce soit, fais-le-moi savoir.

Avec toute mon admiration et ma gratitude,
Roddy.

Lettre de Mᵉ Seddon, de Seddon, Blatherwick & Seddon, à miss Carlisle, datée du 20 juillet :
104 Bloomsbury Square
Chère miss Carlisle,
Je pense que vous devriez accepter l'offre de douze mille cinq cents livres (12 500 £) faite par le major Somervell pour Hunterbury. Les grandes propriétés sont extrêmement difficiles à vendre en ce moment, et la proposition semble très intéressante. Elle a toutefois pour condition une jouissance immédiate des lieux. Or, je sais que le major a visité d'autres propriétés dans les environs. Je vous conseillerais donc d'accepter sans plus attendre.

Le major Somervell est disposé, d'après ce que je comprends, à louer la maison telle quelle, avec son mobilier, pendant les trois mois nécessaires aux formalités de vente.

En ce qui concerne le gardien, Gerrard, et la question d'une éventuelle pension, j'apprends par le Dr Lord que le vieil homme est gravement malade et qu'il n'a plus longtemps à vivre.

La succession n'est pas encore ouverte, mais j'ai versé 100 £ à miss Mary Gerrard, à titre d'avance.

Votre dévoué,
Edmund Seddon.

Lettre du Dr Lord à miss Carlisle, datée du 24 juillet :

Chère miss Carlisle,

Le vieux Gerrard est mort aujourd'hui. Puis-je vous être utile en quoi que ce soit ? J'ai appris que vous aviez vendu le manoir à notre nouveau représentant à la Chambre, le major Somervell.

Bien à vous,

Peter Lord.

Lettre d'Elinor Carlisle à Mary Gerrard, datée du 25 juillet :

Chère Mary,

Je suis navrée d'apprendre le décès de votre père.

J'ai reçu une offre pour Hunterbury, d'un certain major Somervell. Il voudrait s'y installer le plus tôt possible. Je dois m'y rendre pour trier les papiers de ma tante et mettre de l'ordre. Vous serait-il possible de débarrasser assez rapidement la loge des affaires de votre père ? J'espère que vous allez bien et que vos cours de massage ne sont pas trop ardus.

Cordialement,

Elinor Carlisle.

Lettre de Mary Gerrard à miss Hopkins, datée du 25 juillet :

Chère miss Hopkins,

Merci beaucoup de votre lettre au sujet de papa. Je suis heureuse qu'il n'ait pas souffert. Miss Elinor m'écrit que le manoir est vendu et qu'elle aimerait que la loge soit libérée le plus vite possible. Pourriez-vous m'héberger si je viens demain pour l'enterrement ? Si c'est oui, ne vous donnez pas la peine de répondre.

Bien affectueusement,

Mary Gerrard.

Le jeudi 27 juillet au matin, Elinor Carlisle sortit du *King's Arms* et resta un instant à regarder, de droite et de gauche, la grand-rue de Maidensford.

Soudain, elle poussa une exclamation de plaisir et traversa.

Il n'y avait pas à se tromper sur cette silhouette majestueuse, cette allure sereine de galion toutes voiles dehors.

— Mrs Bishop !

— Miss Elinor ! Ça, pour une surprise ! J'ignorais que vous étiez par ici ! Si j'avais su que vous veniez à Hunterbury, je vous y aurais attendue. Qui s'occupe de vous ? Vous avez amené quelqu'un de Londres ?

Elinor secoua la tête :

— Je ne suis pas à la maison. J'ai pris une chambre au *King's Arms*.

Mrs Bishop regarda l'autre côté de la rue et renifla d'un air dubitatif.

— Oui, je me suis laissé dire qu'on *pouvait* descendre ici, concéda-t-elle. C'est propre, et la cuisine est correcte à ce qu'il paraît, mais enfin, miss Elinor, ce n'est pas ce à quoi vous *êtes* habituée.

— J'y suis très bien, affirma Elinor en souriant. Et puis ce n'est que pour un jour ou deux. Il faut que je fasse du tri à la maison. Toutes les affaires de ma tante ; et il y a quelques meubles que j'aimerais avoir à Londres.

— Alors comme ça, la maison est vraiment vendue ?

— Oui. Au major Somervell. Le nouveau représentant à la Chambre. Sir George Kerr est mort, alors il y a eu élections partielles.

— Élu sans coup férir, déclara Mrs Bishop avec emphase. Nous avons toujours voté conservateur, à Maidensford.

— Je suis contente que la propriété soit achetée par quelqu'un qui va y vivre. J'aurais été navrée qu'on la transforme en hôtel – voire qu'on la rase pour en faire un lotissement.

Mrs Bishop ferma les yeux et frissonna de toutes ses rotondités aristocratiques :

– Mon Dieu, ç'aurait été épouvantable... absolument épouvantable. C'est déjà assez triste de penser que Hunterbury va appartenir à des étrangers.

– Oui, mais ç'aurait été une maison bien grande pour que je m'y installe – toute seule.

Mrs Bishop renifla.

– Je voulais vous demander, reprit vivement Elinor : est-ce qu'il y a des meubles que vous aimeriez avoir ? Cela me ferait très plaisir.

Mrs Bishop s'épanouit.

– Ma foi, miss Elinor, condescendit-elle à accepter, c'est très aimable à vous, très gentil, vraiment. Sans vouloir abuser...

– Mais non, l'encouragea Elinor.

– J'ai toujours beaucoup admiré le secrétaire du salon. Un si beau meuble !

Elinor s'en souvenait, un travail de marqueterie assez flamboyant.

– Il est à vous, Mrs Bishop, dit-elle immédiatement. Autre chose ?

– Oh non, vraiment, miss Elinor. Vous avez déjà été si généreuse !

– Il y a quelques chaises du même style que le secrétaire. Cela vous ferait plaisir ?

Mrs Bishop accepta les chaises avec des remerciements circonstanciés.

– J'habite en ce moment chez ma sœur, précisa-t-elle. Est-ce que je peux vous être utile au manoir, miss Elinor ? Je vous y accompagnerais bien volontiers.

– Non, je vous remercie.

Elinor avait répondu très vite, et sur un ton plutôt sec.

– Cela ne me dérangerait pas du tout, insista Mrs Bishop.

Ce serait même avec plaisir. Cela va être tellement triste de trier toutes les affaires de cette chère Mrs Welman.

– Merci, Mrs Bishop, mais je préfère m'y mettre toute seule. Il y a des choses qu'on fait moins bien à deux...

– Comme vous voudrez, dit Mrs Bishop, piquée. À propos, la fille de Gerrard est ici. Les obsèques ont eu lieu hier. Elle habite chez miss Hopkins. J'ai entendu dire qu'elles allaient toutes les deux à la loge ce matin.

– Oui, acquiesça Elinor en hochant la tête, j'ai demandé à Mary de s'occuper de ça. Le major Somervell veut s'installer le plus vite possible.

– Je vois.

– Bon, eh bien, je dois m'en aller, maintenant. Je suis ravie de vous avoir rencontrée, Mrs Bishop. Comptez sur moi pour le secrétaire et les chaises.

Elle lui serra la main et se mit en route.

Au passage, elle entra chez le boulanger et acheta une miche de pain, puis elle se rendit chez le crémier à qui elle acheta une demi-livre de beurre et du lait.

Pour finir, elle entra chez l'épicier.

– Je voudrais de la pâte à tartiner les sandwiches, dit-elle.

– Certainement, miss Carlisle.

Mr Abbott en personne s'était propulsé jusqu'à elle en écartant du coude son jeune commis :

– Que désirez-vous ? Beurre de saumon et crevette ? Mousse de dinde et langue ? Saumon et sardine ? Jambon et langue ?

Il descendait les pots de l'étagère au fur et à mesure et les alignait sur le comptoir.

– Ça n'a pas le même nom, mais ça a plus ou moins le même goût, non ? remarqua Elinor avec un petit sourire.

Mr Abbott en convint sur-le-champ :

– Peut-être bien, si on va par là. Oui, si on va par là. Mais ils ont tous... euh, très bon goût – très, très bon goût.

– Il n'y a pas de danger avec le beurre de poisson ? demanda Elinor. Vous savez, ces histoires d'intoxication ?

Mr Abbott eut une expression horrifiée :

– Oh ! Je vous garantis que c'est une marque excellente... *très* fiable – nous n'avons jamais eu le moindre reproche.

– Bon, dit Elinor. Je vais prendre saumon-anchois et saumon-crevette. Merci.

*

Elinor entra dans le parc de Hunterbury par le petit portail.

C'était une journée d'été chaude et limpide. Les pois de senteur étaient en fleurs. Elle les huma au passage. Horlick, l'aide-jardinier qui avait été chargé de l'entretien du domaine, vint la saluer respectueusement :

– Bonjour, mademoiselle. J'ai bien reçu votre lettre. Vous trouverez la porte de côté ouverte. J'ai ouvert les volets et presque toutes les fenêtres.

– Merci, Horlick.

Elle allait poursuivre son chemin lorsque le jeune homme dont la pomme d'Adam montait et descendait de façon spasmodique l'interpella d'un ton anxieux :

– Mademoiselle, excusez-moi...

– Oui ? fit Elinor en se retournant.

– C'est vrai que la maison est vendue ? Je veux dire, c'est déjà fait ?

– Oh ! Oui.

– Mademoiselle, je me demandais... enfin... si vous pouviez parler de moi au major Somervell. Il va avoir besoin de jardiniers. Il me trouvera peut-être trop jeune pour être chef jardinier, mais j'ai travaillé quatre ans sous les ordres de Mr Stephens et je connais bien le métier maintenant, et depuis que je suis tout seul ici, il n'y a pas eu de problème.

– Bien sûr, Horlick, je ferai tout mon possible. En fait, j'avais l'intention de parler de vous au major Somervell et de lui vanter vos mérites.

Le visage de Horlick devint cramoisi :

– Merci, mademoiselle. Vous êtes bien bonne. Vous

comprenez, la mort de Mrs Welman, et puis après ça la vente de la maison, c'est un drôle de chambardement – et je... eh bien pour tout vous dire, je comptais me marier à l'automne, mais avant on voudrait être sûrs...

Il se tut.

– J'espère que le major Somervell vous engagera, dit Elinor gentiment. En tout cas, comptez sur moi.

– Merci, mademoiselle, répéta Horlick. Nous espérions tous ici que la propriété resterait dans la famille. Merci, mademoiselle.

Elinor s'en fut.

Soudain, comme déferlant d'un barrage qui aurait cédé, une vague de colère et d'amertume la submergea.

« Nous espérions tous que la propriété resterait dans la famille... »

Elle aurait pu vivre ici avec Roddy ! *Roddy et elle...* C'est ce que Roddy aurait voulu. C'est ce qu'elle aurait voulu. Ils avaient toujours adoré Hunterbury. Cher Hunterbury... Bien des années avant que ses parents ne meurent, quand ils étaient aux Indes, elle venait là passer ses vacances. Elle avait joué dans les bois, couru le long du ruisseau, cueilli d'énormes bouquets de pois de senteur, mangé des groseilles à maquereau vertes et rebondies, et de succulentes framboises au rouge velouté. Et ensuite il y avait les pommes. Et il y avait les coins secrets où elle s'était lovée pour lire pendant des heures.

Elle avait adoré Hunterbury : au fond d'elle-même, elle avait toujours eu la certitude d'y vivre un jour pour de bon. Tante Laura avait entretenu cette idée. Mille petites remarques qui émaillaient sa conversation :

« Un jour, tu auras peut-être envie de couper ces ifs, Elinor. Ils sont un peu tristes, en fait ! »

« Ce serait joli, ici, un jardin d'eau... Enfin, tu verras ça... »

Et Roddy ? Roddy aussi avait toujours pensé vivre à Hunterbury. Cela entrait pour une part, sans doute, dans les sentiments qu'il éprouvait pour elle. Il avait décidé dans son subconscient qu'ils vivraient tous deux ensemble à Hunterbury, parce qu'il devait en être ainsi.

Et ils *auraient* vécu ensemble, ici. Ils seraient ensemble ici, maintenant, non pas en train de vider la maison pour la vendre, mais occupés à la redécorer, à projeter des embellissements pour chaque pièce, pour le jardin ; côte à côte, ils feraient le tour du propriétaire, savourant ce calme plaisir, heureux, oui, *heureux* d'être ensemble... S'il n'y avait pas eu la rencontre fatale d'une jeune beauté au teint d'églantine...

Qu'est-ce que Roddy savait de Mary Gerrard ? Rien – moins que rien ! Qu'est-ce qu'il aimait en elle – qu'est-ce qu'il aimait de la vraie Mary ? Elle avait peut-être bien d'admirables qualités, mais est-ce que Roddy s'en souciait ? C'était l'éternelle histoire – l'éternelle vieille farce de la nature !

Est-ce que Roddy lui-même ne parlait pas d'« enchantement » ?

Est-ce que Roddy lui-même – *au fond* – ne souhaitait pas s'en libérer ?

Si Mary Gerrard devait... mourir, par exemple, est-ce que Roddy n'en viendrait pas un jour à reconnaître : « C'est beaucoup mieux comme ça, je m'en rends compte maintenant. Nous n'avions rien en commun... »

Et pris d'une douce mélancolie, il ajouterait peut-être :

« Ce qu'elle était jolie, quand même... »

Qu'elle soit cela pour lui, oui, un souvenir exquis – une image éternelle de beauté et de joie...

Si quelque chose devait arriver à Mary Gerrard, Roddy lui reviendrait... Ça, elle en était sûre !

Si quelque chose arrivait à Mary Gerrard...

Elinor tourna la poignée de la porte d'entrée et frissonna en passant de la chaude lumière du soleil à la pénombre de la maison.

Il faisait froid, sombre, lugubre... Comme si quelque chose la guettait, tapi dans l'ombre...

Elle traversa le hall et poussa la porte capitonnée qui donnait sur l'office.

La pièce sentait le renfermé. Elle ouvrit grand la fenêtre et déposa ses paquets, le beurre, le pain, la petite bouteille de lait...

« Que je suis bête ! se dit-elle, j'ai oublié le café. »

Elle examina les boîtes alignées sur une étagère. L'une d'entre elles contenait un peu de thé, mais il n'y avait pas de café.

« Eh bien, tant pis ! » pensa-t-elle.

Elle déballa les deux bocaux de beurre de poisson et les contempla, immobile, pendant un instant. Puis elle quitta l'office et monta l'escalier. Elle alla directement dans la chambre de Mrs Welman. Et, s'attaquant tout de suite au chiffonnier, elle ouvrit les tiroirs, tria, plia, mit en piles...

*

Désemparée, Mary contemplait l'intérieur de la loge. Elle ne s'était jamais rendu compte à quel point c'était étriqué.

Un flot de souvenirs déferla. Sa mère en train de coudre des vêtements pour sa poupée, son père toujours hargneux et qui ne l'aimait pas. Non, qui ne l'aimait pas...

Tout d'un coup, elle questionna miss Hopkins :

— Papa n'a rien dit... Il n'a pas laissé de message pour moi avant de mourir ?

— Ma foi non, répondit miss Hopkins avec une cynique bonne humeur. Il était dans le coma depuis une heure déjà.

— J'aurais peut-être dû revenir m'occuper de lui, dit lentement Mary. C'était quand même mon père, après tout.

— Mary, commença miss Hopkins avec une pointe d'embarras dans la voix, écoutez-moi bien : qu'il ait été votre père ou non n'a rien à voir là-dedans. Les jeunes d'aujourd'hui se soucient fort peu de leurs parents, à ce qu'il me semble, et la plupart des parents ne se soucient pas davantage de leurs enfants. Miss Lambert, l'institutrice, prétend que c'est très bien comme ça, que la famille est un mal, et que c'est l'État qui devrait se charger d'élever les enfants. Peut-être bien. Moi, je trouve que ce serait comme un orphelinat en plus grand – mais, bon, quoi qu'il en soit, ça ne sert à rien de ressasser le passé et de faire du sentiment. Nous devons continuer à vivre – c'est notre lot, et ce n'est déjà pas si simple !

– Vous avez sans doute raison, répondit lentement Mary. Mais je me dis que c'est peut-être ma faute si nous ne nous entendions pas.

– Sottise ! décréta énergiquement miss Hopkins.

Le mot avait explosé comme une bombe et musela Mary.

Miss Hopkins passa à des choses plus prosaïques :

– Qu'est-ce que vous allez faire des meubles ? Les entreposer quelque part ? Les vendre ?

– Je ne sais pas. Qu'est-ce que vous en pensez ?

Miss Hopkins promena un œil réaliste sur le mobilier :

– Il y en a qui sont encore bons et solides. Vous pourriez les garder pour meubler un petit appartement à Londres, un jour. Et débarrassez-vous de la camelote. Les chaises sont bonnes... la table aussi. Le bureau est joli... complètement démodé, mais il est en acajou massif, et il paraît que le style victorien reviendra en vogue un de ces jours. À votre place je me débarrasserais de l'armoire. Trop grande, elle ne tiendrait nulle part. Elle remplit déjà la moitié de la chambre.

Ensemble, elles établirent la liste des choses à garder ou à faire enlever.

– Mᵉ Seddon, le notaire, a été très gentil, dit Mary. Il m'a fait une avance pour payer mes cours et faire face aux premières dépenses. Sinon, il m'a dit que j'aurai l'argent d'ici un mois environ.

– Le travail vous plaît ? s'enquit miss Hopkins.

– Je crois que ça me plaira beaucoup. Au début, c'est difficile. Je suis morte de fatigue en rentrant chez moi.

– Moi aussi, j'ai cru mourir quand j'étais stagiaire à

St. Luke, dit miss Hopkins. J'étais persuadée que je ne pourrais jamais tenir trois ans. Je l'ai quand même fait.

Elles avaient fini de trier les vêtements du vieil homme et s'attaquèrent à une boîte métallique remplie de papiers.

— Il va falloir regarder tout ça, j'imagine, dit Mary.

Elles s'assirent face à face, de chaque côté de la table.

Miss Hopkins s'empara d'une poignée de papiers.

— C'est incroyable le fatras que les gens peuvent garder ! ronchonna-t-elle. Des coupures de journaux ! Des vieilles lettres ! N'importe quoi !

Mary déplia un document.

— Tiens ! fit-elle, voilà l'acte de mariage de mes parents. St. Albans 1919. Mais...

— Qu'y a-t-il ? demanda miss Hopkins, alertée par la voix sans timbre de Mary.

— Mais vous ne voyez pas ? Nous sommes en 1939 et j'ai vingt et un ans. En 1919, j'avais un an. Alors... alors, mon père et ma mère ne se sont mariés que... qu'après !

Miss Hopkins fronça le sourcil.

— Bah ! Quelle importance ! s'exclama-t-elle gaillardement. Vous n'allez pas vous mettre martel en tête pour ça, surtout maintenant !

— Que voulez-vous, je n'y peux rien.

Miss Hopkins prit un ton autoritaire :

— Combien de couples vont à l'église un peu trop tard ! Mais du moment qu'ils y vont, qu'est-ce que ça fait ? Voilà ce que je dis toujours !

— Vous croyez que... que c'est pour cela que mon père ne m'aimait pas ? demanda Mary d'une voix sourde. Parce que ma mère l'a peut-être forcé à l'épouser ?

Miss Hopkins hésita. Elle se mordilla la lèvre :

— Non, je ne crois pas... Bon, si ça doit vous tracasser, autant que vous sachiez la vérité. Vous n'êtes pas la fille de Gerrard.

— Alors c'était pour ça !

— Peut-être bien.

Deux taches rouges embrasèrent soudain les joues de Mary :

– C'est mal de ma part, mais je suis contente ! Je me suis toujours sentie coupable de ne pas aimer mon père, mais si ce n'était pas mon père, alors c'est normal ! Comment est-ce que vous l'avez su ?

– Gerrard n'arrêtait pas d'en parler avant de mourir. C'est plus souvent qu'à son tour que je lui ai cloué le bec, mais ça ne l'empêchait pas de recommencer. Naturellement, je ne vous aurais rien dit si ça ne s'était pas présenté comme ça.

– Je me demande qui était mon vrai père...

Miss Hopkins hésita. Elle ouvrit la bouche, la referma. Elle semblait avoir du mal à prendre une décision.

À ce moment précis, une ombre s'étendit dans la pièce. Les deux femmes se tournèrent vers la fenêtre et virent Elinor Carlisle, immobile.

– Bonjour, dit-elle.

– Bonjour, miss Carlisle, répondit miss Hopkins. Belle journée, n'est-ce pas ?

– Oh... bonjour, miss Elinor, dit Mary.

– J'ai préparé quelques sandwiches. Vous n'avez pas envie de les partager avec moi ? Il est juste 1 heure, et c'est une telle barbe d'avoir à retourner à Maidensford pour déjeuner. J'ai largement assez pour trois.

– Ma foi, miss Carlisle, déclara miss Hopkins agréablement surprise, c'est vraiment aimable à vous. C'est vrai que c'est embêtant de devoir s'interrompre pour faire tout ce chemin aller-retour. J'espérais que nous aurions terminé ce matin. J'avais fait ma tournée de bonne heure exprès. Mais débarrasser, ça prend toujours plus de temps qu'on ne croit.

– Merci, miss Elinor, dit Mary avec gratitude, c'est très gentil.

Elles remontèrent ensemble vers la maison. Elinor avait laissé la grand-porte ouverte. Elles pénétrèrent dans la fraîcheur du hall et Mary frissonna. Elinor lui lança un regard aigu.

– Vous ne vous sentez pas bien ? lui demanda-t-elle.

– Oh, ce n'est rien... juste un frisson. Rentrer ici en venant du soleil...

– C'est étrange, dit Elinor à voix basse, j'ai ressenti la même chose ce matin.

Miss Hopkins se mit à rire.

– Allons, allons, déclara-t-elle d'une voix joviale, dans un instant vous allez nous dire qu'il y a des fantômes dans la maison. Moi, je n'ai rien senti du tout !

Elinor sourit. Elle les précéda dans le petit salon, à droite de la porte d'entrée. Les stores étaient relevés et les fenêtres ouvertes. La gaieté régnait dans la pièce.

Elinor traversa le hall et revint de l'office avec une grande assiette de sandwiches. Elle la présenta à Mary.

– Servez-vous, dit-elle.

Mary prit un sandwich. Elinor observa la jeune fille qui mordait dedans de ses dents blanches.

Pendant quelques instants, elle retint son souffle, puis elle poussa un léger soupir.

La tête ailleurs, elle restait là, l'assiette à la main. Et puis soudain, à la vue de miss Hopkins, bouche entrouverte et l'air affamé, elle rougit et la lui tendit promptement.

Elle-même prit un sandwich.

– Je voulais faire du café, mais j'ai oublié d'en acheter, s'excusa-t-elle. Il y a de la bière, si vous voulez.

– Ah, si seulement j'avais pensé à apporter du thé ! se lamenta miss Hopkins.

– Il en reste un peu dans une boîte, à l'office, annonça distraitement Elinor.

Le visage de miss Hopkins s'illumina :

– Alors je vais y faire un saut et mettre la bouilloire à chauffer. Il n'y a pas de lait, je suppose ?

– Si, j'en ai apporté.

– Eh bien, alors, c'est parfait, conclut miss Hopkins en sortant à la hâte.

Elinor et Mary restèrent seules. Une étrange tension

envahit la pièce. Elinor se fit violence pour dire quelque chose. Elle avait les lèvres sèches. Elle y passa la langue.

– Vous... vous aimez votre travail à Londres ? demanda-t-elle non sans raideur.

– Oui, je vous remercie. Je... je vous suis très reconnaissante...

Elinor laissa échapper un son rauque. Un rire si discordant, si inattendu que Mary la regarda, effarée.

– Vous ne me devez pas tant de reconnaissance !

– Je ne voulais pas... c'est-à-dire..., balbutia Mary, gênée. Elle se tut.

Elinor l'observait d'un regard si intense, si étrange même, que Mary vacilla.

– Est-ce que... est-ce que quelque chose ne va pas ? demanda-t-elle.

Elinor se leva brusquement.

– Qu'est-ce qui n'irait pas ? fit-elle en se détournant.

– Vous... vous aviez l'air si..., murmura Mary.

– Je vous dévisageais ? Excusez-moi, dit Elinor avec un petit rire. Ça m'arrive parfois, quand j'ai l'esprit ailleurs.

Miss Hopkins passa la tête à la porte.

– J'ai mis la bouilloire à chauffer ! lança-t-elle joyeusement avant de disparaître.

Elinor eut une soudaine crise de fou rire :

– Polly met la bouilloire à chauffer, Polly met la bouilloire à chauffer, Polly met la bouilloire à chauffer, nous aurons tous du thé ! Vous vous rappelez que nous jouions à ça, Mary, quand nous étions petites ?

– Oui, je m'en souviens très bien.

– *Quand nous étions petites*... Quel dommage qu'on ne puisse jamais revenir en arrière, vous ne trouvez pas ?

– Vous voudriez revenir en arrière ?

– Oui... oh, *oui*, dit Elinor avec force.

Le silence s'installa de nouveau.

– Miss Elinor, reprit Mary en rougissant, il ne faut pas que vous pensiez...

Elle se tut, alarmée par un soudain raidissement de la mince silhouette d'Elinor — une sorte de défi dans son port de tête.

— Qu'est-ce qu'il ne faut pas que je pense ? demanda Elinor d'une voix froide, métallique.

— Je... j'ai oublié ce que je voulais dire..., murmura Mary.

Le corps d'Elinor se détendit, comme après un danger.

Miss Hopkins revint avec un plateau où étaient disposés une théière marron, un petit pot de lait et trois tasses.

— Et voilà le thé ! lança-t-elle, inconsciente de la tension qui régnait dans la pièce.

Et elle posa le plateau devant Elinor.

— Je n'en veux pas, dit celle-ci en poussant le plateau vers Mary.

Mary remplit deux tasses.

Miss Hopkins poussa un soupir d'aise :

— Du bon thé bien fort !

Elinor se leva et se dirigea vers la fenêtre.

— Vous êtes sûre que vous n'en voulez pas, miss Carlisle ? insista miss Hopkins.

— Non merci.

Miss Hopkins vida sa tasse et la reposa sur la soucoupe.

— Je vais arrêter la bouilloire. Je l'avais mise pour refaire une théière.

Et elle sortit prestement.

Elinor se retourna.

— Mary... commença-t-elle d'une voix soudain chargée de détresse.

— Oui ? répondit aussitôt Mary.

Le visage d'Elinor s'assombrit lentement. Ses lèvres se fermèrent. L'expression suppliante disparut sous un masque glacé.

— Rien, dit-elle.

Un lourd silence retomba dans la pièce.

« Comme tout est étrange, aujourd'hui, songea Mary. Comme si... comme si nous attendions quelque chose. »

Enfin Elinor bougea.

Elle abandonna la fenêtre et vint prendre le plateau du thé sur lequel elle posa l'assiette des sandwiches vide.

Mary bondit :

– Oh, miss Elinor, laissez-moi faire !

– Non, restez là ! ordonna Elinor d'un ton glacial. Je m'en charge.

Elle s'éloigna avec le plateau. En quittant la pièce, elle jeta un coup d'œil vers Mary Gerrard, près de la fenêtre, jeune, belle, pleine de vie...

*

À l'office, miss Hopkins s'épongeait le visage avec son mouchoir. L'entrée d'Elinor la fit sursauter.

– Ma parole, ce qu'il fait chaud, ici ! s'exclama-t-elle.

– Oui, l'office est orienté au sud, répondit machinalement Elinor.

Miss Hopkins la débarrassa du plateau :

– Laissez-moi nettoyer ça, miss Carlisle, vous n'avez pas l'air très bien.

– Ça va, dit Elinor.

Elle prit un torchon à vaisselle :

– Je vais essuyer.

Miss Hopkins retroussa ses manches et versa l'eau chaude de la bouilloire dans une bassine.

– Vous vous êtes piquée, dit Elinor en lui regardant le poignet.

Miss Hopkins rit :

– C'est le rosier grimpant, près de la loge – une épine... je la retirerai tout à l'heure.

Les rosiers grimpants de la loge... Un flot de souvenirs submergea Elinor. Ses bagarres avec Roddy – la guerre des deux roses. Ils se querellaient... puis ils faisaient la paix. Oh, les jours heureux, pleins de rires et de soleil ! Le dégoût l'envahit. Où en était-elle maintenant ? Quel abîme de haine... de mal... Elle se sentit vaciller.

« J'ai été folle... complètement folle », pensa-t-elle.

Miss Hopkins l'observait avec curiosité.

« Elle avait l'air franchement bizarre... déposerait plus tard miss Hopkins. Elle parlait comme si elle ne savait pas ce qu'elle disait, et ses yeux brillaient d'une drôle de façon. »

Les tasses et les soucoupes s'entrechoquaient dans la bassine. Elinor y ajouta un bocal de beurre de poisson vide qu'elle avait pris sur la table et déclara, en s'émerveillant de la fermeté de sa voix :

— J'ai mis de côté quelques vêtements de tante Laura, là-haut. J'ai pensé que vous sauriez à qui ils rendraient service dans le village.

— Bien sûr ! Il y a Mrs Parkinson, la vieille Nellie, et aussi cette pauvre créature qui n'a pas toute sa tête et qui habite Ivy Cottage. Ce sera un don du ciel pour elles.

Elles finirent de ranger l'office et montèrent ensemble à l'étage.

Dans la chambre de Mrs Welman, les affaires étaient triées en piles bien nettes : lingerie, robes, quelques vêtements très élégants, des robes d'intérieur en velours, et un manteau de castor. Elinor précisa qu'elle pensait offrir ce dernier à Mrs Bishop. Miss Hopkins approuva.

Elle nota que la zibeline de Mrs Welman était posée sur la commode. « Elle va la faire retoucher pour elle », se dit-elle.

Elle jeta un coup d'œil sur le chiffonnier. Elinor avait-elle trouvé la photographie signée « Lewis », et dans ce cas, qu'en avait-elle fait ?

« C'est drôle, pensa-t-elle, comme nos lettres se sont croisées. Je n'aurais jamais imaginé une chose pareille – qu'O'Brien tombe sur cette photo le jour où je lui écris à propos de Mrs Slattery... »

Lorsque le tri des vêtements fut terminé, miss Hopkins

s'offrit à faire des paquets pour chaque famille et à en assurer la distribution.

— Je m'occuperai de ça pendant que Mary retournera à la loge finir ce qu'il y a à faire, déclara-t-elle. Elle n'a plus qu'une boîte de papiers à classer. Mais au fait, où est-elle ? Elle est déjà retournée là-bas ?

— Je l'ai laissée au petit salon...

— Elle n'a pas dû rester là tout ce temps. (Miss Hopkins consulta sa montre.) Il y a presque une heure que nous sommes ici !

Elle se hâta de redescendre. Elinor la suivit.

— Eh bien, ça alors... ! s'écria miss Hopkins en pénétrant dans le petit salon. Elle s'est endormie.

Mary Gerrard était assise dans le grand fauteuil près de la fenêtre. Elle avait un peu glissé. On entendait un drôle de bruit dans la pièce : un souffle rauque et pénible.

Miss Hopkins alla la secouer :

— Réveillez-vous, mon petit...

Soudain elle se tut. Elle se pencha davantage, lui souleva une paupière, puis se mit à la secouer sérieusement.

Elle se tourna vers Elinor. Il y avait comme une menace dans sa voix lorsqu'elle demanda :

— Qu'est-ce que ça veut dire ?

— De quoi parlez-vous ? Elle est malade ?

— Où est le téléphone ? Trouvez le Dr Lord, vite !

— Mais qu'est-ce qu'il y a ?

— Ce qu'il y a ? La petite est malade, elle est en train de mourir.

Elinor recula d'un pas :

— De mourir ?

— Elle a été empoisonnée.

Et miss Hopkins posa sur Elinor un regard dur, chargé de soupçon.

DEUXIÈME PARTIE

1

Tête ovoïde penchée de côté, sourcil interrogateur et doigts joints, Hercule Poirot observait le jeune homme qui arpentait la pièce comme un fauve en cage – visage sympathique tout crispé sous les taches de rousseur.

– Voyons, mon bon ami, dit Hercule Poirot avec son horrible accent franco-belge et dans un anglais qu'il vaut mieux ne pas transcrire, qu'est-ce qui peut bien vous mettre dans un état pareil ?

Peter Lord s'immobilisa :

– Monsieur Poirot, vous êtes la seule personne au monde à pouvoir m'aider. J'ai entendu Stillingfleet parler de vous ; il m'a raconté ce que vous avez fait dans l'affaire Benedict Farley : tout le monde croyait que c'était un suicide, mais vous, vous avez prouvé que c'était un meurtre.

– Il y a, parmi vos patients, un cas de suicide qui vous tracasse ?

Peter Lord secoua la tête.

Il vint s'asseoir en face de Poirot :

– Il s'agit d'une jeune femme. Elle a été arrêtée et elle va être jugée pour meurtre ! Je veux que vous fassiez la preuve de son innocence !

Les sourcils de Poirot grimpèrent encore d'un cran. Et il afficha une expression toute de tact et de discrétion :

– Cette jeune personne et vous... vous êtes fiancés... c'est ça ? Vous êtes amoureux l'un de l'autre ?

Peter Lord éclata de rire – un rire amer :

– Non, vous n'y êtes pas du tout ! Elle a eu le mauvais goût de me préférer un imbécile au long nez dédaigneux planté au milieu d'un faciès de cheval neurasthénique ! C'est stupide de sa part, mais c'est comme ça !

– Je vois.

– Oh, oui ! s'exclama Lord, amer. Vous voyez parfaitement ! Pas besoin d'en rajouter dans le tact. Je suis tombé amoureux d'elle au premier coup d'œil. Résultat, je n'ai pas envie qu'on la pende. Vous comprenez ?

– Quel est le chef d'accusation ?

– Elle est accusée d'avoir empoisonné à la morphine une dénommée Mary Gerrard. Vous avez sans doute lu le compte rendu dans les journaux.

– Et le mobile ?

–¨ Jalousie !

– Et, selon vous, ce n'est pas elle qui a fait le coup ?

– Non, bien sûr que non.

Songeur, Poirot observa le jeune homme quelques instants.

– Qu'attendez-vous de moi au juste ? finit-il par demander. Que j'enquête sur cette affaire ?

– Je veux que vous la tiriez de là.

– Je ne suis pas avocat, très cher.

– Bon, je vais être plus clair : *je vous demande de découvrir des faits qui permettront à son avocat de la tirer de là.*

– Vous avez une drôle de façon de présenter la chose.

– Parce que je n'y vais pas par quatre chemins ? Pour moi, c'est très simple : *je veux que cette femme soit acquittée.* Je crois que *vous seul* pouvez y arriver.

– Vous désirez que j'étudie les faits pour mettre au jour la vérité ? Pour découvrir ce qui s'est réellement passé ?

– Je veux que vous découvriez n'importe quoi qui plaide en sa faveur.

96

Avec une méticulosité frisant la maniaquerie, Hercule Poirot alluma une minuscule cigarette :

– Dites-moi, ce n'est pas très moral, ce que vous me demandez là. Atteindre la vérité, oui, cela m'intéresse toujours. Mais la vérité est une arme à double tranchant. Supposons que je trouve des faits qui desservent cette personne, exigerez-vous que je les élimine ?

Peter Lord se leva, blême :

– Ça, c'est impossible ! Rien de ce que vous trouverez ne peut être pire que les faits ne le sont déjà ! Ils sont rigoureusement, intégralement accablants ! La montagne de preuves accumulées contre elle crèverait les yeux du monde entier ! Vous ne découvrirez rien qui puisse l'enfoncer davantage ! Ce que je vous demande, c'est d'utiliser toute votre astuce – et d'après Stillingfleet, astucieux, vous l'êtes diablement – pour dénicher une échappatoire, une autre explication possible.

– Ses avocats s'en chargeront sûrement, non ?

– Ah, vous croyez ça ? dit le jeune homme avec un rire désabusé. Ils partent vaincus d'avance ! Persuadés que c'est sans espoir. Ils ont confié l'affaire à Bulmer, le champion des causes perdues. En soi, c'est déjà un aveu ! Ah, il fera une belle plaidoirie, à vous tirer des larmes – il mettra en avant la jeunesse de l'accusée, tout ça ! Mais le juge ne le laissera pas s'en tirer à si bon compte. Aucune chance.

– Supposons qu'elle soit effectivement coupable. Vous voulez toujours qu'elle soit acquittée ?

– Oui, répondit Peter Lord avec calme.

Poirot s'agita sur son siège.

– Vous m'intéressez..., fit-il.

Il resta silencieux un moment, puis reprit :

– Je crois que vous feriez mieux de me raconter toute l'affaire en détail.

– Vous n'avez pas lu les journaux ?

Poirot balaya l'air de la main :

– Si... vaguement. Mais les journaux, moi, vous savez...

Ils sont tellement approximatifs qu'on ne peut pas se fier à ce qu'ils disent.

– Eh bien, c'est très simple, commença Peter Lord. Affreusement simple. Cette jeune femme, Elinor Carlisle, venait d'hériter d'une propriété à deux pas d'ici – Hunterbury Hall – et de la fortune de sa tante, morte intestat. Cette tante, Mrs Welman, avait un neveu par alliance, Roderick Welman. Il était fiancé avec Elinor Carlisle – vieille histoire, ils se connaissaient depuis l'enfance. Il y avait aussi une jeune fille à Hunterbury : Mary Gerrard, la fille du gardien. La vieille Mrs Welman faisait tout un plat de cette fille, elle a payé son éducation, etc. Résultat, la fille en question avait tout d'une vraie lady. Roderick Welman, semble-t-il, a eu le coup de foudre pour elle, et les fiançailles ont été rompues.

» Les faits, maintenant. Elinor Carlisle a mis la propriété en vente, et un certain Somervell l'a acquise. Elinor s'y est rendue pour débarrasser les affaires de sa tante, etc. Mary Gerrard, dont le père venait de mourir, se livrait à la même activité à la loge du gardien. C'était le 27 juillet au matin.

» Elinor Carlisle était descendue à l'auberge du village. Dans la rue, elle a rencontré l'ancienne gouvernante, Mrs Bishop. Celle-ci lui a proposé de l'accompagner à Hunterbury pour l'aider, ce qu'Elinor a refusé assez véhémentement. Ensuite elle est entrée chez l'épicier pour acheter du beurre de poisson et elle a fait une remarque sur les intoxications alimentaires. Vous me suivez ? Une remarque tout à fait anodine, mais qui joue contre elle, bien sûr ! Elle est montée au manoir, et vers 13 heures, elle s'est rendue à la loge, où Mary s'affairait en compagnie de l'infirmière visiteuse, une vraie fouine, celle-là, une dénommée Hopkins. Elinor Carlisle leur a offert de partager les sandwiches qu'elle avait préparés. Elles sont revenues ensemble au manoir, elles ont mangé les sandwiches et, une heure plus tard environ, on m'a fait appeler et j'ai trouvé Mary Gerrard sans connaissance. J'ai fait ce que j'ai pu, sans résultat. L'autopsie a révélé qu'elle avait absorbé une forte dose de morphine peu auparavant, et la police a découvert un fragment d'étiquette de chlorhydrate de morphine à l'endroit où Elinor avait fait les sandwiches.

– Qu'avait bu ou mangé d'autre Mary Gerrard ?

– L'infirmière et elle ont bu du thé avec les sandwiches. L'infirmière l'a préparé et Mary l'a servi. Rien n'a pu se passer là. Naturellement, je me doute que l'avocat va tirer tout ce qu'il peut de cette histoire de sandwiches – qu'elles en ont mangé toutes les trois, qu'il était donc *impossible* d'être sûr qu'une seule personne serait empoisonnée. C'est ce qui a été plaidé dans l'affaire Hearne, vous vous rappelez.

Poirot acquiesça – avec un correctif :

– Mais vous savez, c'est très facile, en fait. Vous faites votre pile de sandwiches. *Dans l'un d'eux vous avez mis le poison.* Vous tendez l'assiette. Entre gens civilisés, vous pouvez compter que la personne qui se sert va prendre *le premier sandwich devant elle.* Je présume qu'Elinor Carlisle a tendu l'assiette à Mary d'abord.

– Exactement.

– Malgré la présence de l'infirmière qui était plus âgée ?

– Oui.

– Ce n'est pas très bon, ça.

– Ça ne veut strictement rien dire. On ne fait pas de manières quand on mange sur le pouce.

– Qui a préparé les sandwiches ?

– Elinor Carlisle.

– Il y avait quelqu'un d'autre dans la maison ?

– Personne.

Poirot s'agita :

– Très mauvais, cela. Et la jeune fille n'a rien pris d'autre que des sandwiches et du thé ?

– Rien. On n'a rien trouvé d'autre dans son estomac.

– On suppose donc qu'Elinor Carlisle espérait que la mort de la jeune fille serait imputée à une intoxication alimentaire ? Mais comment se proposait-elle d'expliquer qu'une seule personne ait été atteinte ?

– Ça se passe quelquefois comme ça. En outre, il y avait deux sortes de beurre de poisson, très semblables en apparence. L'un des pots aurait été inoffensif, et Mary aurait mangé par hasard tous les sandwiches fabriqués avec le poisson avarié.

– Intéressant calcul de probabilités, commenta Poirot. J'imagine que, mathématiquement, la possibilité d'un tel phénomène doit être très faible. Mais autre chose : si l'objectif était de faire croire à un empoisonnement alimentaire, *pourquoi n'avoir pas choisi un autre poison ?* Les symptômes causés par la morphine ne ressemblent pas du tout à ceux d'une intoxication alimentaire. L'atropine aurait sûrement été un meilleur choix.

– Oui, c'est vrai, admit pensivement Peter Lord. Mais ça n'est pas tout. Cette fichue infirmière jure qu'elle a perdu un tube de morphine !

– Quand cela ?

– Oh, des semaines avant, la nuit où Mrs Welman est morte. L'infirmière prétend qu'elle a laissé sa trousse dans le hall et que le lendemain matin, un tube de morphine avait disparu. Foutaises, oui. Elle a dû marcher dessus un jour chez elle et l'oublier.

– Elle ne s'en est souvenue qu'*après* la mort de Mary Gerrard ?

– En fait, avoua Peter Lord à contrecœur, elle l'a bel et bien mentionné à l'époque, devant l'autre infirmière.

Hercule Poirot observait Peter Lord avec intérêt :

– Je crois, très cher, qu'il y a autre chose – quelque chose que vous ne m'avez pas encore dit.

– Oh, bon, après tout, autant que vous le sachiez. On a ordonné l'exhumation de la vieille Mrs Welman.

– Eh bien ?

– Lorsqu'ils le feront, *ils trouveront probablement ce qu'ils cherchent – des traces de morphine !*

– Vous étiez au courant de ça ?

Peter Lord était tout blanc sous ses taches de rousseur.

– J'en avais eu le soupçon, grommela-t-il.

Hercule Poirot frappa le bras de son fauteuil.

– Sacrebleu, s'écria-t-il, je ne vous comprends pas ! Vous saviez qu'elle avait été assassinée ?

– Seigneur non ! Je n'ai jamais imaginé une horreur pareille ! J'avais pensé qu'elle se l'était administrée elle-même.

Poirot se renfonça dans son fauteuil :

– Ah ! C'est *ça* que vous aviez pensé...

– Évidemment ! Elle m'en avait parlé. Elle m'avait demandé cent fois si je ne voulais pas « l'aider à en finir ». Elle haïssait son état de malade, son impotence... – ce qu'elle appelait l'*indignité* d'être langée comme un bébé. Et c'était une femme de caractère.

Il resta silencieux un instant. Puis il poursuivit :

– Sa mort m'a surpris, je ne m'y attendais pas. J'ai renvoyé l'infirmière et j'ai fait l'examen le plus approfondi possible. Bien sûr, sans autopsie, il était impossible d'avoir une certitude. Mais, bon, quel intérêt ? Si elle avait choisi de prendre un raccourci, pourquoi faire tout un foin et déclencher un scandale ? Il valait mieux signer le permis d'inhumer et qu'elle repose en paix. Après tout, je n'étais pas sûr. J'imagine que j'ai pris une mauvaise décision. Mais je n'ai pas pensé une seconde qu'il y avait quelque chose de louche. J'étais persuadé qu'elle avait agi toute seule.

– Comment se serait-elle procuré la morphine, à votre avis ?

– Je n'en avais pas la moindre idée. Mais elle était intelligente, je vous l'ai dit, c'était une femme pleine de ressources, et remarquablement déterminée.

– Elle aurait pu l'obtenir des infirmières ?

– Jamais de la vie ! s'exclama Peter Lord. Vous ne connaissez pas les infirmières.

– La famille ?

– C'est possible, en faisant appel à leurs sentiments.

– Vous m'avez dit que Mrs Welman est morte intestat.

Aurait-elle rédigé un testament si elle avait vécu plus long-temps ?

Peter Lord eut un petit sourire :

— Vous avez un art diabolique pour mettre le doigt sur les points sensibles, n'est-ce pas ? Oui, elle allait faire un testament ; cela l'agitait beaucoup. Elle ne pouvait plus parler mais elle a très bien su se faire comprendre. Elinor devait téléphoner au notaire dès le lendemain matin.

— Elinor savait donc que sa tante voulait faire un testament ? Et que, sans testament, elle héritait de la totalité des biens ?

— Mais non, elle ne le savait pas, répondit Peter Lord avec emportement. Elle ne soupçonnait pas que sa tante n'avait jamais fait de testament.

— Ça, mon bon ami, c'est ce qu'elle *raconte*. Elle aurait *parfaitement pu le savoir*.

— Dites donc, Poirot, vous êtes le ministère public ?

— Pour l'instant, oui. Je dois savoir sur quoi repose l'accusation. Elinor Carlisle aurait-elle pu prendre la morphine dans la trousse ?

— Oui, comme tout le monde, comme Roderick Welman, ou miss O'Brien, ou n'importe lequel des domestiques.

— Ou le Dr Lord ?

Peter Lord écarquilla les yeux :

— Parfaitement... mais dans quel but ?

— La pitié, peut-être.

— La pitié n'a rien à voir là-dedans, affirma Peter Lord en secouant la tête, croyez-moi.

Hercule Poirot se carra dans son fauteuil.

— Risquons une hypothèse, proposa-t-il. Supposons qu'Elinor ait pris la morphine et l'ait administrée à sa tante. Avait-on parlé de la disparition de la morphine ?

— Pas aux gens de la maison. Les deux infirmières ont gardé cela pour elles.

— À votre avis, quelle sera la décision du tribunal ?

– Si on découvre de la morphine dans le corps de Mrs Welman ?

– Oui.

– Eh bien, répondit Peter Lord sombrement, il est possible que si Elinor est acquittée pour le meurtre de Mary Gerrard, elle soit inculpée de nouveau pour celui de sa tante.

– Les mobiles sont différents, nota Poirot, songeur. Je veux dire : dans l'affaire de Mrs Welman, elle aurait agi par *intérêt*, alors que dans l'affaire Mary Gerrard, elle est censée l'avoir fait par *jalousie*.

– Exact.

– Quelle ligne la défense va-t-elle adopter ?

– Bulmer compte plaider l'absence de motif. Il mettra en avant que les fiançailles entre Elinor et Roderick avaient été arrangées pour des raisons familiales afin de faire plaisir à Mrs Welman, et qu'Elinor a rompu cet accord à la mort de la vieille dame. Roderick témoignera dans ce sens. D'ailleurs, j'ai l'impression qu'il y croit presque !

– Il doutait de l'amour d'Elinor ?

– Oui.

– En ce cas, reprit Poirot, elle n'avait aucune raison de tuer Mary Gerrard.

– Exactement.

– Mais alors, qui, en fin de compte, a tué Mary Gerrard ?

– Bonne question !

Poirot eut l'air perplexe :

– Pas commode, tout ça.

– C'est bien ça le hic ! s'exclama Peter Lord avec fougue. Si *elle* ne l'a pas tuée, *qui est-ce qui l'a fait ?* Il y a bien le thé, mais miss Hopkins et Mary Gerrard en ont bu toutes les deux. La défense va essayer de suggérer que Mary Gerrard a pris la morphine elle-même après que les deux autres ont quitté la pièce... qu'elle s'est suicidée, en fait.

– Avait-elle des raisons de se suicider ?

– Aucune.

– Avait-elle une personnalité suicidaire ?

– Non.

– Comment était-elle, cette Mary Gerrard ?

– C'était... c'était une brave gosse, fit le médecin après réflexion. Oui, pas de doute, c'était une brave gosse...

Poirot soupira.

– Et ce Roderick Welman, fit-il, il est tombé amoureux d'elle parce que c'était une brave gosse ?

Peter Lord sourit :

– Oh, je vois ce que vous voulez dire. Non : elle était très belle.

– Et vous ? Vous n'éprouviez rien pour elle ?

Peter Lord ouvrit de grands yeux :

– Quelle idée ! Non, bien sûr !

Poirot prit le temps de réfléchir :

– Roderick Welman prétend qu'il y avait de l'affection entre Elinor Carlisle et lui, mais rien de plus. Êtes-vous d'accord ?

– Comment diable le saurais-je ?

– Vous m'avez déclaré en entrant ici qu'Elinor Carlisle avait le mauvais goût d'aimer un imbécile au long nez dédaigneux. Je suppose que c'est là une description de Roderick Welman, n'est-ce pas ? Donc, selon vous, elle l'aime.

– Oui, elle l'aime ! Elle l'aime éperdument ! répondit Peter Lord dans un murmure rauque.

– Alors, il y avait bel et bien un mobile...

Peter Lord bondit comme un enragé :

– Qu'est-ce que ça change ? Elle est peut-être coupable, d'accord ! *Je m'en contrefiche !*

– Tiens, tiens..., fit Poirot.

– Seulement, je vous le dis et je vous le répète, je ne veux pas qu'on la pende ! Supposons qu'elle ait... je ne sais pas, moi – qu'elle ait été poussée au désespoir ? L'amour, c'est un truc qui peut faire naître les pulsions les plus folles. Ça peut transformer un minus en type formidable – mais ça peut aussi mener un honnête homme au fin fond de la déchéance.

Admettons donc... oui, admettons qu'elle ait tué. La compassion, vous avez déjà entendu parler ?

— Je n'approuve pas le meurtre, déclara Poirot.

Peter Lord le fixa droit dans les yeux, détourna le regard, puis le fixa à nouveau et finit par éclater de rire :

— C'est tout ce que vous trouvez à dire ? Quel conformisme... Quelle suffisance ! Qui vous demande d'approuver ? Je ne vous demande pas de mentir. La vérité, c'est la vérité, non ? Si vous découvrez un élément qui plaide en faveur d'une personne, vous n'allez quand même pas le détruire sous prétexte qu'elle est coupable, non ?

— Certainement pas.

— Alors bon sang, pourquoi refusez-vous de faire ce que je vous demande ?

— Mais, mon bon ami, je suis tout à fait prêt à le faire...

2

Peter Lord le foudroya du regard, sortit un mouchoir de sa poche, s'épongea le front et s'affala dans un fauteuil.

— Ouaouf ! éructa-t-il. Vous m'avez fait sortir de mes gonds ! Je ne comprenais absolument pas où vous vouliez en venir.

— Je cherchais à apprécier les charges qui pèsent sur Elinor Carlisle. Maintenant je sais. On a fait prendre de la morphine à Mary Gerrard ; et cette morphine *devait* être dans les sandwiches. Personne n'a touché à ces sandwiches – *sauf Elinor Carlisle*. Elinor Carlisle avait un *mobile* pour assassiner Mary Gerrard, elle est, d'après vous, *capable* de l'avoir fait... et il y a de fortes chances qu'elle l'ait effectivement fait. Je ne vois pas de raison de penser le contraire.

» Cela, mon bon ami, est un aspect de la question. Maintenant, passons à la deuxième étape. Éliminons toutes ces considérations de notre esprit, et prenons le problème à l'envers : *Si Elinor Carlisle n'a pas tué Mary Gerrard, qui l'a fait ?* Ou bien encore : Mary Gerrard s'est-elle suicidée ?

Peter Lord se redressa, le front plissé.

— Vous n'êtes pas tout à fait rigoureux, fit-il remarquer.

— *Pas rigoureux*, moi ? s'indigna Poirot.

— Ma foi non, insista Peter Lord, impitoyable. Vous affirmez que personne d'autre qu'Elinor n'a touché aux sandwiches, mais qu'en savez-vous ?

— Elle était seule dans la maison.

— Pour autant que nous le sachions. Mais vous oubliez un court laps de temps : *Le moment où Elinor a quitté la maison pour se rendre à la loge.* Pendant ce temps-là les sandwiches attendaient sur une assiette dans l'office, et quelqu'un aurait pu y toucher.

Poirot poussa un soupir à fendre l'âme.

— Vous avez raison, mon bon ami, reconnut-il. Il y a bel et bien eu un moment pendant lequel quelqu'un pouvait avoir accès à l'assiette de sandwiches. Il faut essayer d'imaginer *qui pourrait être la personne en question.*

Il fit une pause.

— Revenons à cette Mary Gerrard, poursuivit-il. *Quelqu'un*, qui n'est pas Elinor Carlisle, désire sa mort. *Pourquoi ?* À qui sa mort aurait-elle profité ? Avait-elle de l'argent ?

Peter Lord secoua la tête :

— Pas encore. Dans un mois, elle aurait eu deux mille livres qu'Elinor Carlisle avait décidé de lui faire remettre pour respecter la volonté de sa tante. Mais pour l'instant, la succession de la vieille dame n'est pas liquidée.

— Nous pouvons donc éliminer l'appât du gain. Mary Gerrard était belle, dites-vous. Et ça, c'est toujours source d'ennuis. Elle avait des admirateurs ?

— Sans doute. Je ne suis pas très au courant.

— Qui pourrait nous le dire ?

— Je ferais mieux de vous mettre dans les bras de

miss Hopkins, répondit Peter Lord en souriant. C'est notre tambour de ville. Elle sait tout ce qui se passe à Maidensford.

– J'allais justement vous demander de me parler des deux infirmières.

– Eh bien, O'Brien est irlandaise, c'est une bonne infirmière, compétente, un peu bébête, un peu mauvaise langue et menteuse à l'occasion – affabulatrice, dirons-nous, pas tant pour tromper que par amour des belles histoires.

Poirot hocha la tête.

– Hopkins est une femme entre deux âges, pleine de bon sens, perspicace, assez gentille, capable – mais elle a une fâcheuse tendance à fourrer son nez dans ce qui ne la regarde pas !

– Si Mary avait eu des ennuis avec un garçon du pays, miss Hopkins l'aurait su ?

– Et comment !

Il ajouta, plus lentement :

– Mais, je ne crois pas qu'on trouve quoi que ce soit de sérieux dans cette direction. Mary était revenue depuis trop peu de temps. Elle venait de passer deux ans en Allemagne.

– Elle était majeure ?

– Oui.

– Peut-être y aurait-il quelque intrigue germanique ?

Le visage de Peter Lord s'anima.

Il fonça sur la piste offerte :

– Vous croyez qu'un Allemand au cœur brisé aurait pu lui garder un chien de sa chienne, qu'il l'aurait suivie jusqu'ici et qu'il aurait attendu son heure ?

– Cela fait un peu mélodramatique, avoua Poirot, dubitatif.

– C'est pourtant *possible*, non ?

– Mais peu probable.

– Je ne suis pas d'accord. Imaginons un homme complètement fou d'elle. Elle le repousse, il voit rouge et décide qu'elle n'a pas le droit de le traiter comme ça. C'est une idée...

— C'est une idée, répéta Poirot sans enthousiasme.

— Allons, continuez, monsieur Poirot, supplia Peter Lord.

— Vous voulez que je joue les prestidigitateurs, c'est cela ? Que je vous sorte des lapins d'un chapeau vide.

— Si vous voulez.

— Il y a une autre possibilité...

— Dites...

— Ce fameux soir du mois de juin, *quelqu'un* a dérobé le tube de morphine dans la mallette de miss Hopkins. *Et si Mary Gerrard avait vu cette personne en train de dérober ce tube ?*

— Elle l'aurait dit.

— Non, non, très cher. Réfléchissez. Si on voyait Elinor Carlisle, ou Roderick Welman, ou miss O'Brien ou n'importe quelle domestique ouvrir la trousse et y prendre un petit tube de verre, que penserait-on ? Simplement que l'infirmière a chargé cette personne d'une commission, voilà tout. Mary n'aurait attaché aucune importance à ce fait, mais elle *aurait pu* le mentionner par hasard devant la personne en question... oh, tout à fait innocemment, bien sûr. Seulement imaginez l'effet de cette remarque sur le meurtrier de Mrs Welman ! Mary avait vu : Mary devait être réduite au silence à tout prix ! Je peux vous l'assurer, mon bon ami, celui qui a déjà tué une fois n'hésitera pas à recommencer !

Peter Lord fronça les sourcils :

— J'étais pourtant persuadé que Mrs Welman avait pris le produit elle-même...

— Mais elle était paralysée... elle venait d'être terrassée par une seconde attaque.

— Oh, je sais. Dans mon idée, elle avait trouvé un moyen quelconque de se procurer de la morphine et elle la gardait cachée à portée de la main.

— Pour ça, il aurait fallu qu'elle se la procure avant sa deuxième attaque. Or, l'infirmière n'a constaté sa disparition qu'après.

— Hopkins a pu ne remarquer la disparition du tube que

ce matin-là. On l'avait peut-être subtilisé un ou deux jours avant sans qu'elle s'en aperçoive.

– Comment la vieille dame aurait-elle mis la main dessus ?

– Je n'en sais rien... En soudoyant une domestique, peut-être. Auquel cas, on ne le saura jamais.

– Les deux infirmières étaient incorruptibles, à votre avis ?

– J'en mettrais ma tête à couper ! D'abord, elles sont toutes deux très à cheval sur la déontologie – et par-dessus le marché, elles auraient eu bien trop peur pour se livrer à ce genre d'exercice. Elles savent ce qu'elles risquent !

– C'est vrai, fit Poirot.

Il ajouta, pensif :

– On dirait, n'est-ce pas, que nous sommes revenus à notre point de départ ? Qui avait le plus de raisons de voler ce tube de morphine ? *Elinor Carlisle.* On peut estimer qu'elle voulait s'assurer l'héritage. On peut être plus généreux et dire qu'elle a agi par compassion : elle accepte d'obéir aux prières répétées de sa tante, elle vole la morphine et la lui administre. Mais elle l'a volée... *et Mary Gerrard l'a surprise en train de le faire.* Et nous voilà revenus aux sandwiches et à la maison vide, et nous retrouvons Elinor – avec un nouveau mobile, cette fois : sauver sa tête.

– Vous êtes inouï ! s'exclama Peter Lord. Elle n'est pas comme ça, je vous dis ! L'argent ne signifie rien pour elle – ni pour Roderick Welman d'ailleurs, je dois l'avouer. Ils l'ont dit et répété devant moi !

– Ah oui ? C'est très intéressant. C'est le genre de déclaration que, pour ma part, je considère toujours avec la plus grande méfiance.

– Bon sang, Poirot, vous prenez vraiment plaisir à retourner tous les faits contre elle ?

– Je ne retourne rien du tout, cela se fait tout seul. C'est comme à la loterie. La roue tourne et s'arrête toujours sur le même nom : *Elinor Carlisle.*

– Non ! s'insurgea Peter Lord.

Hercule Poirot prit un air navré :

– Elle a de la famille, cette Elinor Carlisle ? Des sœurs, des cousins, des parents ?

– Non, elle est orpheline... elle est seule au monde...

– Comme c'est pathétique ! Je suis sûr que Bulmer saura en tirer le meilleur parti. Qui donc héritera si elle meurt ?

– Je n'en sais rien, je n'y ai jamais pensé.

– Il faut toujours penser à ces choses-là, reprocha Poirot. A-t-elle fait son testament, par exemple ?

Peter Lord s'empourpra.

– Je... je ne sais pas, balbutia-t-il.

Hercule Poirot leva les yeux au ciel et joignit les doigts :

– Ce serait mieux de me le dire, vous savez.

– Vous dire quoi ?

– Ce que vous avez au juste dans la tête... quand bien même ce serait accablant pour Elinor Carlisle.

– Comment savez-vous... ?

– Je sais, c'est tout. Vous pensez à *quelque chose*... un incident. Vous feriez mieux de me le dire, sinon je vais imaginer que c'est bien pire que ça ne l'est !

– Ce n'est rien, vraiment...

– D'accord, ce n'est rien, mais dites-le-moi quand même.

Lentement, à contrecœur, Peter Lord se laissa extirper le récit de la scène où Elinor, penchée à la fenêtre du cottage de miss Hopkins, avait éclaté de rire.

Poirot, songeur, demanda :

– Elle a dit ça, textuellement ?... « Alors, vous êtes en train de faire votre testament, Mary ? Ça, c'est vraiment drôle ! Ça, c'est vraiment très drôle ! » Et ce qu'elle pensait à ce moment-là vous a paru évident. Elle était sans doute en train de se dire *que Mary Gerrard ne vivrait plus longtemps...*

– Je n'ai fait que l'imaginer, dit Peter Lord. En réalité, je n'en sais rien.

– Oh non ! dit Poirot. Oh non ! vous n'avez pas fait que l'imaginer...

3

Hercule Poirot se trouvait chez miss Hopkins. Le Dr Lord l'avait accompagné pour le présenter, puis, sur un coup d'œil de Poirot, il l'avait laissé en tête-à-tête avec l'infirmière.

Celle-ci, après avoir examiné cet étranger d'un œil suspicieux et s'être quelque peu offusquée de sa façon de massacrer l'anglais, se dégelait promptement.

– Oui, c'est affreux, dit-elle avec une espèce de sombre jubilation. Je n'ai jamais rien vu d'aussi affreux. Et elle était belle, vous ne pouvez pas savoir ! Pour faire du cinéma, elle n'aurait eu qu'à lever le petit doigt ! Et elle était sérieuse aussi, et pas prétentieuse avec ça, malgré tout le cas qu'on faisait d'elle.

Poirot glissa habilement une question :

– Vous faites allusion à Mrs Welman ?

– Oui, en effet. La vieille dame s'était entichée d'elle d'une façon...

– Surprenante, diriez-vous ? murmura Poirot.

– Faut voir... Au fond, c'était peut-être normal. Je veux dire...

Miss Hopkins se mordit la lèvre, l'air embarrassé :

– Ce que je veux dire, c'est que Mary était adorable avec elle : une voix douce, de gentilles manières. Et, ma foi, je trouve que ça fait du bien aux vieilles personnes d'avoir de la jeunesse autour d'elles.

– Miss Carlisle venait bien voir sa tante de temps en temps ?

– Miss Carlisle venait quand ça lui chantait, répondit sèchement miss Hopkins.

– Vous ne l'aimez guère, remarqua Poirot à voix basse.

– Il ne manquerait plus que ça ! s'indigna l'infirmière. Une empoisonneuse ! Une empoisonneuse qui a agi de sang-froid !

– Ah, je vois que vous vous êtes fait votre opinion.

– Comment ça, mon opinion ? demanda miss Hopkins, méfiante.

– Vous êtes convaincue que c'est elle qui a donné la morphine à Mary Gerrard, n'est-ce pas ?

– Et qui d'autre, je vous prie ? Vous ne pensez tout de même pas que c'est moi ?

– Pas du tout. Mais on n'a pas encore prouvé sa culpabilité, n'oubliez pas.

– N'empêche, c'est elle, affirma miss Hopkins, impavide. D'abord, ça se voyait sur sa figure. Bizarre, elle a été bizarre tout du long. Et cette façon de m'emmener à l'étage, de me retenir le plus longtemps possible... Et lorsque je me suis retournée vers elle après avoir trouvé Mary dans cet état, c'était écrit sur sa figure. Elle savait que je savais !

– Certes, on a du mal à imaginer qui d'autre aurait pu le faire, dit Poirot, songeur. À moins, naturellement, que ce ne soit Mary elle-même ?

– Comment cela, *elle-même* ? Vous voulez dire que Mary se serait suicidée ? Je n'ai jamais rien entendu de plus stupide !

– Qui peut savoir. Le cœur d'une jeune fille, c'est tendre et vulnérable... Pratiquement, c'était possible, n'est-ce pas ? Elle aurait pu mettre quelque chose dans son thé sans que vous le remarquiez ?

– Dans sa tasse ?

– Oui. Vous ne l'avez pas surveillée sans arrêt.

– Je ne la surveillais pas – non. En effet, elle aurait pu le faire... Mais ça ne tient pas debout ! Pourquoi se serait-elle suicidée ?

Poirot fit un geste vague et reprit sa formule :

– Le cœur d'une jeune fille, c'est comme je vous le disais... si vulnérable. Un amour malheureux, peut-être...

Miss Hopkins eut un reniflement de dédain.

– Les filles ne se tuent pas par amour... à moins d'être enceintes – et Mary ne l'était pas, ça je peux vous le garantir ! affirma-t-elle en jetant à Poirot un regard belliqueux.

– Elle n'était pas amoureuse ?

– Non, son cœur était libre. Elle travaillait dur et aimait la vie qu'elle menait.

– Mais si elle était aussi belle qu'on le dit, elle devait avoir des soupirants ?

– Elle n'avait rien à voir avec toutes ces filles qui courent le guilledou et ne pensent qu'à « ça » ! C'était une jeune fille rangée.

– Mais je ne doute pas qu'elle avait des admirateurs dans le village.

– Il y avait Ted Bigland, bien sûr, dit miss Hopkins.

Poirot lui soutira des détails sur ledit Ted Bigland.

– Il était sacrément mordu, mais comme je le lui ai fait remarquer, elle valait bien mieux que lui.

– Il a dû lui en vouloir de le repousser ?

– Pour ça, il était dépité, reconnut miss Hopkins. Il me l'a même reproché à moi.

– Il vous tenait pour responsable ?

– C'est ce qu'il a dit. Mais j'avais bien le droit de la mettre en garde, non ? Après tout, je connais la vie et je ne voulais pas qu'elle gâche la sienne.

– Comment se fait-il que vous vous soyez tant intéressée à cette jeune fille ? demanda Poirot d'une voix douce.

– Ma foi, je ne sais pas...

L'infirmière hésita. Elle avait pris un air timide et un peu honteux :

– Il y avait en Mary quelque chose de... de romanesque.

– En *elle*, peut-être bien, murmura Poirot, mais pas dans sa condition. C'était la fille du gardien, non ?

– Oui... oui, bien sûr. Enfin...

Elle hésita, regarda Poirot qui l'observait avec sympathie.

– En réalité, fit miss Hopkins dans un élan de confiance, elle n'était pas du tout la fille de Gerrard. C'est lui qui me l'a dit. Son père était un homme du meilleur monde.

– Je vois... Et sa mère ?

Miss Hopkins balança, se mordit la lèvre et se lança :

– Sa mère était l'ancienne femme de chambre de Mrs Welman. Elle a épousé Gerrard après la naissance de Mary.

– Vous aviez raison, c'est un vrai roman – un prodigieux roman d'amour et de sang.

Le visage de miss Hopkins s'éclaira :

– N'est-ce pas ? On ne peut pas s'empêcher de s'intéresser aux gens sur lesquels on sait des choses que tout le monde ignore. Tout ça, je l'ai appris par hasard. En fait, c'est miss O'Brien qui m'a mise sur la piste, mais ça, c'est une autre histoire. Comme vous le disiez, le passé, c'est passionnant. Tant de drames insoupçonnés ! Ah, le monde est bien triste.

Poirot soupira avec sympathie.

– Je n'aurais pas dû vous raconter tout ça, reprit miss Hopkins soudain inquiète. Pour rien au monde je ne voudrais qu'on l'apprenne ! Après tout, ça n'a rien à voir avec cette affaire. Pour tout le monde, Mary était la fille de Gerrard et il ne faut rien changer à ça. Pourquoi la salir aux yeux de tous maintenant qu'elle est morte ? Gerrard a épousé sa mère, point final.

– Mais vous savez peut-être qui était son vrai père ?

Miss Hopkins répondit à contrecœur :

– Peut-être bien que oui. Et peut-être bien que non. Pour être franche, je ne sais rien. Ce qui ne m'empêche pas d'avoir mon idée. Le passé vous rattrape toujours, comme on dit ! Mais je n'aime pas les ragots et je ne dirai pas un mot de plus.

114

Poirot abandonna le terrain avec tact et attaqua un autre sujet :

– Autre chose encore... c'est un peu délicat. Mais je suis sûr que je peux compter sur votre discrétion.

Miss Hopkins se rengorgea. Un large sourire éclaira son visage ingrat.

– Il s'agit de Mr Roderick Welman, poursuivit Poirot. J'ai cru comprendre qu'il était attiré par Mary Gerrard.

– Complètement tourneboulé, oui !

– Bien qu'à cette même époque il ait été fiancé à miss Carlisle ?

– Si vous voulez mon avis, il ne m'a jamais paru très amoureux de miss Carlisle. Pas ce que j'appelle *amoureux*, en tout cas.

– Mary Gerrard... euh... encourageait-elle ses avances ?

Miss Hopkins se fit cinglante :

– Elle savait se conduire. Personne n'a le droit de dire qu'elle l'a encouragé.

– Elle était amoureuse de lui ?

– Non ! répliqua miss Hopkins sèchement.

– Mais il lui était sympathique ?

– Oh, elle l'aimait bien, oui.

– Et j'imagine qu'avec le temps il aurait pu naître un sentiment plus fort ?

– C'est possible, admit miss Hopkins. Mais Mary ne s'est pas jetée à sa tête. Elle lui a dit, ici même, qu'il ne devait pas lui parler de cette façon alors qu'il était fiancé à miss Elinor. Et quand il est allé la voir à Londres, elle lui a redit la même chose.

– Et vous-même, que pensez-vous de Mr Roderick Welman ? s'enquit Poirot, l'air candide.

– C'est un garçon assez sympathique. Mais, alors, d'un nerveux ! Il pourrait bien devenir dyspeptique un jour, c'est souvent le cas avec ces tempéraments-là.

– Il avait une grande affection pour sa tante ?

– Oui, je crois.

– Il a passé du temps auprès d'elle lorsqu'elle était au plus mal ?

– Après sa seconde attaque ? Quand ils sont venus le soir précédant sa mort ? Je crois qu'il n'est même pas entré dans sa chambre !

– Vraiment ?

– Elle ne l'a pas réclamé, reprit vivement miss Hopkins. D'ailleurs, personne n'imaginait que la fin était si proche. Beaucoup d'hommes sont comme ça, vous savez. Ils préfèrent éviter les chambres de malades. C'est plus fort qu'eux. Ce n'est pas par manque de cœur. Ils ont peur de ne pas pouvoir supporter.

Poirot hocha la tête d'un air compréhensif. Il s'enquit néanmoins :

– Êtes-vous *sûre* que Mr Welman n'a pas pénétré dans la chambre de sa tante avant qu'elle meure ?

– Pas pendant ma garde, en tout cas ! Miss O'Brien m'a remplacée à 3 heures du matin et elle l'a peut-être fait entrer avant que tout soit fini, mais dans ce cas, elle ne m'en a rien dit.

– Il n'aurait pas pu entrer dans la chambre en votre absence ? suggéra Poirot.

– Je ne laisse jamais mes malades, monsieur Poirot, rétorqua-t-elle.

– Mille excuses, je me suis mal exprimé. Je pensais que vous auriez pu avoir à faire chauffer de l'eau, ou à aller chercher un médicament.

Miss Hopkins se radoucit :

– Je suis descendue, en effet, changer l'eau des bouillottes. Je savais qu'on avait mis une bouilloire sur le feu dans la cuisine.

– Cela vous a pris longtemps ?

– Cinq minutes, peut-être.

– Voilà. Donc Mr Welman aurait pu entrer jeter un œil à ce moment-là ?

– Il aurait fallu qu'il se dépêche, alors.

— Vous l'avez dit, soupira Poirot, la maladie impressionne les hommes. Ce sont les femmes qui font preuve d'un infini dévouement. Que ferions-nous sans elles ? Surtout les femmes de votre profession – quelle noble vocation !

L'infirmière Hopkins rosit :

— C'est vraiment gentil de dire ça. Je n'y avais jamais réfléchi. C'est un travail tellement pénible qu'on n'a pas le temps de penser à son côté noble.

— Et vous ne pouvez rien me dire d'autre au sujet de Mary Gerrard ?

Il s'écoula un temps relativement long.

— Non, je ne vois rien, finit-elle par répondre.

— Vous en êtes bien sûre ?

— Vous ne comprenez pas. Mary, je l'aimais *beaucoup* ! riposta miss Hopkins non sans une certaine incohérence.

— Et vous n'avez rien à ajouter ?

— Non ! Rien de rien !

4

En la majestueuse présence de Mrs Bishop, toute de noir vêtue, Poirot n'était qu'humble insignifiance.

Dégeler Mrs Bishop n'allait pas être une mince affaire. Cette dame, en effet, conservatrice dans ses mœurs et dans ses convictions, réprouvait fort les étrangers. Et, étranger, Poirot l'était indubitablement. Elle accompagnait ses réponses, glacées, de regards hostiles et soupçonneux.

Qu'il fût présenté par le Dr Lord n'avait pas amélioré la situation.

— Je suis sûre, déclara Mrs Bishop lorsque le Dr Lord s'en fut allé, que le Dr Lord est un médecin compétent et plein de bonnes intentions. Le Dr Ransome, son prédécesseur, a exercé ici de *longues* années !

Autrement dit, on pouvait faire confiance au Dr Ransome pour se conduire comme il convenait dans le comté. Le Dr Lord, jeune irresponsable, arriviste qui avait pris la place du Dr Ransome, n'avait en sa faveur que sa compétence professionnelle.

Et la compétence, toute la personne de Mrs Bishop le proclamait, ce n'est pas suffisant !

Hercule Poirot fut persuasif. Il fut habile. Mais tout son charme et son doigté n'y purent rien. Mrs Bishop restait inflexible.

La mort de Mrs Welman avait été un bien triste événement. Elle était très respectée du voisinage. L'arrestation de miss Carlisle était « une infamie ! », bien à l'image de « ces nouvelles méthodes de la police ». Les vues de Mrs Bishop sur la mort de Mary Gerrard étaient des plus vagues. « Je ne saurais vraiment dire » étant sa contribution la plus éloquente au sujet.

Poirot joua sa dernière carte. Avec un orgueil candide, il évoqua l'une de ses récentes visites à Sandrigham. Il parla avec admiration de l'aimable bienveillance, de la délicieuse simplicité de la famille royale.

Mrs Bishop, qui suivait quotidiennement dans le communiqué de la Cour les faits et gestes de ladite famille royale, en fut ébranlée. Après tout, s'Ils avaient fait mander M. Poirot... Eh bien, naturellement, cela changeait tout ! Étranger ou pas, qui était-elle, elle, Emma Bishop, pour rechigner quand la Cour montrait la voie ?

Bientôt, tous deux se trouvèrent plongés dans une conversation plaisante sur un sujet véritablement passionnant : le choix d'un mari digne de la princesse Élisabeth.

Après avoir épuisé la liste des candidats possibles, dont aucun ne fut jugé suffisamment bien, la conversation redescendit vers de moins hautes sphères.

– Hélas, observa Poirot, sentencieux, le mariage est plein de pièges et de dangers !

– C'est bien vrai – avec ce divorce dégoûtant, renchérit

Mrs Bishop comme si elle parlait d'une maladie aussi contagieuse que la varicelle.

— Je suppose, dit Poirot, que Mrs Welman a dû souhaiter ardemment voir sa nièce établie avant de mourir ?

Mrs Bishop courba le front :

— Oh oui ! Les fiançailles de miss Elinor et Mr Roderick lui avaient été d'un grand réconfort. C'est ce qu'elle avait toujours souhaité.

Poirot prit un risque :

— Se seraient-ils fiancés un peu pour lui faire plaisir ?

— Oh non, je ne dirais pas ça, monsieur Poirot. Miss Elinor a toujours été très attachée à Mr Roderick – quand elle n'était qu'un petit bout de chou, déjà. C'était si mignon de voir ça ! Miss Elinor est une personne loyale et fidèle.

— Et lui ? murmura Poirot.

— Mr Roderick lui était entièrement dévoué, répondit Mrs Bishop, austère.

— Et pourtant, les fiançailles ont été rompues, n'est-ce pas ?

Le rouge monta au visage de Mrs Bishop :

— Ceci, monsieur Poirot, est l'œuvre d'une sombre intrigante.

— Vraiment ? fit Poirot d'un air impressionné.

Mrs Bishop devint encore plus rouge.

— Chez nous, monsieur Poirot, expliqua-t-elle, on s'astreint à une certaine décence lorsque l'on parle d'un défunt. Mais cette jeune femme, monsieur Poirot, était sournoise dans ses agissements.

Poirot la regarda un moment d'un air songeur. Puis il déclara, avec une apparente candeur :

— Vous me surprenez. J'avais plutôt l'impression que c'était une fille simple et modeste.

Le menton de Mrs Bishop se mit à trembloter :

— Oh, elle était la ruse personnifiée, monsieur Poirot. Tout le monde se laissait embobeliner par ses simagrées !

Cette miss Hopkins, par exemple ! Oui, et ma pauvre chère maîtresse aussi !

Poirot hocha la tête avec sympathie tout en émettant de petits claquements de langue.

– Oh oui, reprit Mrs Bishop stimulée par ces bruits encourageants. Elle faiblissait, pauvre chère femme, et cette fille a su s'insinuer dans ses bonnes grâces. Ah, elle savait bien de quel côté son pain était beurré ! Toujours à rôder autour d'elle, à lui faire la lecture, à lui apporter des petits bouquets de fleurs. Et c'était des Mary par-ci et des Mary par-là, et des « Où est Mary ? », sans arrêt ! L'argent qu'elle a pu dépenser pour cette gamine ! Les écoles les plus chères, les séjours à l'étranger... et pour qui ? Pour la fille du vieux Gerrard ! Lui, il n'appréciait pas, vous pouvez me croire ! Il ne supportait pas ses manières et ses chichis. Elle s'en croyait, ça, on ne peut pas le nier !

Cette fois, Poirot secoua la tête.

– Eh bien, dit-il avec commisération.

– Et ensuite, la façon dont elle s'est jetée au cou de Mr Roddy ! Il était trop naïf pour voir son jeu. Et miss Elinor, elle a trop de noblesse, bien sûr, elle n'a pas compris ce qui se tramait. Mais les hommes, ils sont tous pareils – un joli minois, un peu de flatterie, et les voilà pris.

Poirot poussa un soupir :

– J'imagine qu'elle ne manquait pas d'admirateurs dans son propre milieu ?

– Bien sûr ! Il y avait Ted, le fils de Rufus Bigland, un garçon charmant. Mais non, notre demoiselle se trouvait trop bien pour *lui* ! Ah, ces mines et ces grâces, ça me mettait hors de moi !

– Il n'était pas furieux de la manière dont elle le traitait ?

– Si, bien sûr. Il l'a accusée d'aguicher Mr Roddy. *Ça*, je le sais. Je ne blâme pas ce garçon de s'être senti blessé !

– Moi non plus. Vous m'intéressez beaucoup, Mrs Bishop. Certaines personnes ont le talent de décrire les gens en quelques mots clairs et bien sentis. C'est un don. J'ai enfin une image précise de Mary Gerrard.

— Attention, je n'ai rien dit *contre* elle ! Je m'en voudrais de faire une chose pareille alors qu'elle repose dans sa tombe. Mais elle a causé bien du malheur, ça c'est sûr !

— Je me demande où cela aurait mené, murmura Poirot.

— C'est exactement ce que je dis toujours ! Vous pouvez me croire, monsieur Poirot, si ma pauvre maîtresse n'était pas morte aussi vite... Pourtant Dieu sait que le choc a été terrible, mais je me rends compte maintenant que ça a été une Bénédiction de la Providence – sinon, je ne sais pas comment tout cela se serait terminé !

— Que voulez-vous dire ? l'encouragea Poirot.

— Des choses pareilles, j'en ai vu plus souvent qu'à mon tour, vous savez, déplora-t-elle non sans solennité. Ma propre sœur, tenez, travaillait là où ça s'est passé. Une fois, ç'a été le vieux colonel Randolph qui est mort, et qui a dépouillé sa propre femme jusqu'au dernier penny pour laisser toute sa fortune à une gourgandine d'Eastbourne. Et après ça, il y a eu la vieille Mrs Dacres, qui a tout légué à l'organiste de la paroisse – un de ces jeunes gens aux cheveux longs – alors qu'elle avait des fils et des filles mariés.

— Vous pensez donc que Mrs Welman aurait pu léguer sa fortune à Mary Gerrard ?

— Cela ne m'aurait pas étonnée ! En tout cas, c'est à ça que travaillait cette jeune personne, je n'ai aucun doute là-dessus. Et si jamais je risquais un mot, Mrs Welman était toute prête à m'écorcher, moi qui étais à son service depuis près de vingt ans. Le monde est bien ingrat, monsieur Poirot. Vous essayez de faire votre devoir et on ne vous en sait pas gré.

— C'est tellement vrai, hélas ! soupira Poirot.

— Mais la Malignité n'est pas toujours payante.

— Eh non. Mary Gerrard est morte...

— Elle va comparaître devant Dieu, dit Mrs Bishop avec une certaine satisfaction, et ce n'est pas à nous de la juger.

— Les circonstances de sa mort paraissent tout à fait inexplicables, dit Poirot, songeur.

— Ah, la police et ses nouvelles méthodes ! s'énerva Mrs Bishop. Est-ce vraisemblable, je vous le demande, qu'une jeune dame comme miss Elinor, avec sa naissance et son éducation, aille empoisonner quelqu'un ? Et essayer de me mêler, moi, à tout ça sous prétexte que j'aurais dit qu'elle avait l'air bizarre.

— Mais n'était-ce pas le cas ?

— Et pourquoi n'aurait-elle pas eu l'air bizarre ?

Le buste de Mrs Bishop, en se soulevant, lança des éclairs de jais :

— Miss Elinor est délicate et sensible, elle se rendait au manoir pour trier les affaires de sa tante... C'est toujours une épreuve.

Poirot hocha la tête avec sympathie :

— Ç'aurait été moins dur si vous l'aviez accompagnée.

— Je voulais le faire, monsieur Poirot, mais elle a refusé, assez fraîchement. Oh bon, miss Elinor a toujours été plutôt fière et réservée. Tout de même, monsieur Poirot, je regrette bien de n'être pas allée avec elle.

— Vous n'avez pas pensé à la suivre jusqu'à la maison ? murmura Poirot.

Mrs Bishop redressa la tête d'un mouvement plein de majesté :

— Je ne vais pas là où ma présence n'est pas souhaitée, monsieur Poirot.

Poirot eut l'air confus.

— D'ailleurs, vous aviez certainement d'autres choses à faire ce matin-là ? dit-il, comme pour lui-même.

— Il faisait très chaud, je me souviens, très lourd. Je me suis rendue au cimetière pour déposer quelques fleurs sur la tombe de Mrs Welman, en signe de respect, et j'ai dû me reposer un bon moment. Cette chaleur m'avait exténuée. Je suis rentrée tard pour déjeuner, et ma sœur était très contrariée de voir dans quel état je m'étais mise. Elle disait que je n'aurais jamais dû faire ça par un temps pareil.

Poirot la regarda avec admiration :

– Je vous envie, Mrs Bishop. C'est un soulagement de n'avoir rien à se reprocher après la mort de quelqu'un. J'imagine que Mr Roderick doit se blâmer de ne pas être monté voir sa tante cette nuit-là, même si, bien sûr, il ne pouvait pas deviner qu'elle allait mourir aussi vite.

– Oh, mais vous vous trompez, monsieur Poirot. Je suis navrée de vous le dire. Mr Roddy est allé voir sa tante, je le sais. J'étais moi-même sur le palier. J'ai entendu cette infirmière descendre les escaliers, et je me suis dit que je ferais bien d'aller voir si Mrs Welman n'avait besoin de rien, parce que vous connaissez les infirmières : ça traîne en bas à bavarder avec les domestiques et à les déranger pour un oui pour un non. Et encore, cette miss Hopkins valait mieux que l'autre, l'Irlandaise aux cheveux roux. Celle-là, toujours à cancaner et à faire des histoires. Mais, comme je le disais, je voulais seulement m'assurer que tout allait bien, et c'est là que j'ai vu Mr Roddy se glisser dans la chambre de sa tante. Je ne sais pas si elle l'a reconnu ou non, mais en tout cas, il n'a rien à se reprocher.

– Tant mieux, dit Poirot. Il est de nature assez ombrageuse, n'est-ce pas ?

– Tout juste un peu capricieux et imprévisible. Il l'a toujours été.

– Mrs Bishop, vous êtes manifestement une femme d'un grand entendement et je me suis formé une haute opinion de votre jugement. D'après vous, quelle est la vérité sur la mort de Mary Gerrard ?

Mrs Bishop renifla dédaigneusement :

– C'est pourtant clair ! C'est une de ces affreuses conserves de chez Abbott. Il les garde en rayon pendant des mois ! Une petite cousine à moi a un jour été tellement malade avec du crabe en boîte qu'elle a bien failli en mourir !

— Mais alors, objecta Poirot, la morphine qu'on a retrouvée dans le corps ?

— Je ne connais rien à la morphine, mais je connais bien les *médecins* ! déclara Mrs Bishop avec superbe. Demandez-leur de chercher quelque chose, ils le trouveront. Du beurre de poisson avarié, ça n'est pas assez bon pour *eux* !

— Vous paraît-il possible qu'elle se soit suicidée ?

— Elle ?

Mrs Bishop renifla derechef :

— Sûrement pas. Elle s'était mis en tête d'épouser Mr Roddy, non ? Alors vous la voyez se suicider ?

5

C'était dimanche, et Hercule Poirot trouva Ted Bigland à la ferme de son père.

Le faire parler ne fut pas difficile. Il sauta sur l'occasion – il eut même l'air d'y trouver un certain soulagement.

— Alors, comme ça, vous essayez de découvrir qui a tué Mary ? demanda-t-il, l'air pensif. C'est un vrai mystère.

— Vous ne croyez pas à la culpabilité de miss Carlisle ?

Ted Bigland fronça les sourcils, ce qui lui donna une expression de perplexité presque enfantine.

— Miss Elinor est une dame, dit-il lentement. Elle est du genre... euh... Personne n'irait l'imaginer en train de faire une chose pareille – quelque chose de violent, si vous voyez ce que je veux dire. Vous croyez ça, vous, monsieur, qu'une jeune femme aussi bien pourrait faire ça ?

Hercule Poirot secoua la tête d'un air méditatif :

— Non, cela ne paraît pas vraisemblable... mais quand la jalousie s'en mêle...

Il se tut et observa le jeune géant blond de belle allure qui lui faisait face.

— La jalousie ? dit Ted Bigland. Oui, je sais bien que ça arrive. Mais d'habitude, c'est quand un type qui a le vin mauvais prend une cuite qu'il se met à voir rouge et qu'il perd les pédales. Mais miss Elinor... une jeune femme si convenable et tout...

— *Mais Mary Gerrard est morte*... et pas de mort naturelle. Avez-vous une idée – quelque chose à me dire qui m'aiderait à découvrir qui l'a tuée ?

L'autre secoua lentement la tête :

— Ça n'a ni queue ni tête. Ça ne paraît pas possible qu'on ait pu la tuer, si vous voyez encore une fois ce que je veux dire. Mary, elle était... elle était comme une fleur.

Et soudain, pendant un instant troublant, Hercule Poirot eut une autre image de la jeune morte... Cette voix un peu pataude, hésitante, avait fait revivre une Mary éclatante de beauté. « Elle était comme une fleur. »

Il eut brusquement le sentiment poignant d'une perte, la vision d'un être exquis que la folie humaine avait détruit...

Les phrases s'enchaînaient dans son esprit : « C'était une brave gosse », avait dit Peter Lord. Et miss Hopkins : « Pour faire du cinéma, elle n'aurait eu qu'à lever le petit doigt. » Mrs Bishop, venimeuse : « Ah, ces mines et ces grâces, ça me mettait hors de moi. » Et maintenant, cet émerveillement tout simple, qui éclipsait, qui rendait banales toutes ces remarques : « Elle était comme une fleur. »

— Mais encore ?... demanda Poirot en ouvrant grand ses mains dans un geste implorant bien peu anglais.

Ted Bigland secoua la tête. Il avait le regard vitreux, comme étonné, d'un animal qui souffre.

— Oui, je sais bien, monsieur, vous dites vrai. Elle n'est pas morte toute seule, mais j'en arrive à me demander...

Il s'arrêta.

— Oui ? dit Poirot.

— Eh bien, reprit lentement Ted Bigland, j'en arrive à me demander si ça n'aurait pas pu être un accident, par exemple.

— Un *accident* ? Mais quelle sorte d'accident ?

– Je sais, monsieur. Je sais. Ça ne fait pas vraisemblable. Mais plus j'y pense, plus je crois que c'est ce qui s'est passé. Quelque chose qui n'aurait pas dû arriver. Ou un truc qui a bêtement mal tourné... Juste... juste un accident quoi !

Il regardait Poirot d'un air suppliant, gêné par son propre manque d'éloquence.

Poirot se taisait. Il semblait réfléchir.

– C'est intéressant que vous ayez ce sentiment, dit-il en fin de compte.

– Oh, je vois bien que ça n'a pas grand sens, monsieur. Je suis incapable d'imaginer le pourquoi du comment. C'est juste une... une impression que j'ai.

– Les impressions sont parfois de bons guides... Pardonnez-moi si j'ai l'air de remuer le fer dans la plaie, mais vous aimiez beaucoup Mary Gerrard, n'est-ce pas ?

Le visage hâlé de Ted vira au rouge brique.

– Je crois que tout le monde dans le pays a toujours été au courant, dit-il simplement.

– Vous vouliez l'épouser ?

– Oui.

– Mais elle ne voulait pas ?

Les traits de Ted se crispèrent un peu.

– Les gens ne pensent pas à mal, dit-il en contenant sa colère, mais ils feraient mieux de rester à leur place et de ne pas se mêler de fiche en l'air la vie des autres. Toutes ces écoles et ces voyages à l'étranger ! Ça l'a changée, Mary. Je ne veux pas dire que ça l'avait gâtée, ou qu'elle était devenue bêcheuse, pas du tout, non. Mais ça l'avait... embrouillée ! Elle ne savait plus où elle en était. Elle était... oh, bon ! elle était trop bien pour moi, mais elle n'était pas assez bien pour un rupin comme Mr Welman.

– Vous n'aimez pas Mr Welman ? lui demanda Poirot en l'observant.

– Et pourquoi diable est-ce que je l'aimerais ? répondit Ted Bigland avec une violence sans fard. Mr Welman est quelqu'un de bien, j'ai rien contre lui. Mais ce n'est pas ce que j'appelle un bonhomme ! Je pourrais le soulever comme une plume et le casser en deux, comme ça ! D'accord, il en a sûrement dans le crâne... mais ce n'est pas ça qui vous sert à grand-chose quand votre bagnole tombe en panne, si vous voyez ce que je veux dire. C'est bien joli de savoir en théorie comment ça marche, une chignole – mais déposer une batterie et la nettoyer, c'est une autre paire de manches.

– Je vous crois sans peine. Vous travaillez dans un garage ?

– Chez Henderson, en bas de la route.

– Vous y étiez le matin où... c'est arrivé ?

– Oui, j'essayais la voiture d'un client. Le moteur calait et je ne voyais pas d'où ça provenait. Alors je suis allé la faire rouler. Ça me fait drôle, maintenant que j'y repense. Il faisait beau, il y avait encore du chèvrefeuille dans les haies... Mary aimait bien le chèvrefeuille. On allait souvent en cueillir, tous les deux, avant qu'elle parte pour l'étranger...

De nouveau, il eut l'air d'un enfant désarmé, incrédule.

Hercule Poirot gardait le silence.

Ted Bigland tressaillit et sortit de sa transe :

– Désolé, monsieur, oubliez ce que je vous ai dit sur Mr Welman. Je lui en voulais parce qu'il tournait autour de Mary. Il aurait dû la laisser tranquille. Elle n'était pas de son milieu... pas du tout de son milieu.

– À votre avis, elle s'intéressait à lui ?

De nouveau, Ted Bigland fronça les sourcils :

– Non... pas vraiment. Mais peut-être que si, après tout. Je ne sais pas.

– Y avait-il un autre homme dans sa vie ? Un homme qu'elle aurait rencontré à l'étranger par exemple ?

– Je n'en sais rien, monsieur. Elle ne m'en a jamais parlé.

– Et des ennemis, ici, à Maidensford ?

– Vous voulez dire des gens qui lui auraient voulu du mal ?

Il secoua la tête :

– Non. Personne ne la connaissait vraiment, mais tout le monde l'aimait bien.

– Mrs Bishop, la gouvernante de Hunterbury, l'aimait bien ?

Ted eut un petit sourire :

– Oh, elle, c'était juste du dépit ! La vieille chouette n'appréciait pas que Mrs Welman fasse tant de cas de Mary.

– Mary Gerrard était heureuse quand elle vivait ici ? Elle aimait bien Mrs Welman ?

– Elle aurait été plutôt heureuse, je crois, si cette infirmière lui avait fichu la paix. Miss Hopkins, je veux dire. Elle n'arrêtait pas de lui fourrer des idées dans la tête, comme quoi elle devait partir, gagner sa vie, faire des massages, je ne sais trop quoi encore.

– Mais elle aimait bien Mary, non ?

– Oh oui, plutôt. Mais c'est le genre de bonne femme qui sait toujours mieux que vous ce qu'il vous faut !

– Supposons, commença Poirot en cherchant ses mots, que miss Hopkins sache quelque chose qui... qui jetterait, dirons-nous, un discrédit sur la mémoire de Mary. Croyez-vous qu'elle le garderait pour elle ?

Ted Bigland le regarda d'un air interrogateur.

– Je ne comprends pas bien où vous voulez en venir, monsieur.

– Au cas où miss Hopkins saurait quelque chose contre Mary Gerrard, croyez-vous qu'elle tiendrait sa langue ?

– Garder quelque chose pour elle... ça m'étonnerait qu'elle puisse. C'est la commère du village. Mais s'il y a quelqu'un pour qui elle le ferait, c'est sans doute Mary. J'aimerais bien savoir pourquoi vous me demandez ça, ajouta-t-il, la curiosité prenant le dessus.

– On retire toujours une impression d'une conversation avec quelqu'un. Apparemment, miss Hopkins s'est montrée tout à fait franche et directe, et pourtant j'ai eu l'impression très nette qu'elle me *cachait* quelque chose. Ça n'était pas forcément une chose importante. Ça n'avait peut-être aucun rapport avec le crime. *Mais il y a quelque chose qu'elle sait et qu'elle n'a pas dit.* Et j'ai aussi eu l'impression que ce quelque chose, quoi que ce soit, salirait à coup sûr la mémoire de Mary Gerrard.

Ted fit un geste d'impuissance.

— Tant pis, soupira Poirot. Chaque chose en son temps.

6

Poirot observait avec intérêt le long visage sensible de Roderick Welman.

Roddy était dans un état de nerfs pitoyable. Les mains fébriles, les yeux injectés de sang, il s'exprimait d'une voix rauque et tendue.

— Bien sûr, monsieur Poirot, je connais votre nom, dit-il en regardant la carte de visite. Mais je ne comprends pas en quoi le Dr Lord pense que vous puissiez nous être utile. D'ailleurs, en quoi cela le concerne-t-il ? Il a soigné ma tante ; autrement, c'est un parfait étranger. Elinor et moi ne l'avions même jamais vu avant le mois de juin. N'est-ce pas à Me Seddon de s'occuper de tout ça ?

— D'un point de vue technique, vous avez raison, répondit Poirot.

— Non que Seddon m'inspire vraiment confiance. Il est si incroyablement lugubre.

— C'est fréquent chez les hommes de loi.

— Enfin, nous avons quand même Bulmer, dit Roddy en s'animant un peu. Il est censé être ce qui se fait de mieux, non ?

— Il a la réputation d'être le champion des causes perdues, fit remarquer Poirot.

Roddy accusa le coup.

— Vous ne voyez pas d'inconvénient, j'espère, poursuivit

Poirot, à ce que je tente de faire quelque chose pour miss Elinor Carlisle ?

— Non, non, naturellement. Mais...

— Mais que peut-on bien faire ? C'est la question que vous vous posez, n'est-ce pas ?

Un sourire fugitif éclaira le visage tourmenté de Roddy... un sourire si charmant soudain que Poirot comprit l'attrait subtil qu'exerçait cet homme.

— Dit de cette façon, c'est un peu brutal, s'excusa Roddy. Mais c'est bien la question. Je n'irai donc pas par quatre chemins : Monsieur Poirot, que pouvez-vous faire ?

— Chercher la vérité.

— Certes, approuva Roddy d'un ton sceptique.

— Découvrir des faits en faveur de l'accusée, précisa Poirot.

— Si seulement vous le pouviez ! soupira Roddy.

— Je souhaite sincèrement être utile, reprit Poirot. M'aiderez-vous en me disant exactement ce que vous pensez de l'affaire ?

Roddy se mit à marcher nerveusement de long en large.

— Que pourrais-je vous dire ? Tout cela est si absurde... si invraisemblable ! Rien que de penser à Elinor — Elinor que je connais depuis notre enfance — en train d'accomplir un acte aussi mélodramatique qu'empoisonner quelqu'un !... C'est bien simple : c'est à se tordre de rire ! Mais évidemment, comment faire avaler ça à un jury ?

Impassible, Poirot demanda :

— Vous considérez donc qu'il est absolument exclu que miss Carlisle ait fait une chose pareille ?

— Évidemment ! Cela tombe sous le sens ! Elinor est un être exquis, parfaitement équilibré — un être harmonieux, étranger à toute violence. C'est un esprit clair et sensible, qui ignore les passions animales. Mais rassemblez douze débiles mentaux dans le box des jurés, et Dieu sait ce que la partie adverse pourra leur faire gober ! Après tout, soyons lucides : ils ne sont pas là pour sonder l'âme humaine, mais pour apprécier des preuves. Les faits, les faits, les faits ! Et les *faits* sont fâcheux !

Poirot hocha la tête :

– Mr Welman, vous avez du bon sens, vous êtes intelligent. Les faits condamnent miss Carlisle. Tout ce que vous savez d'elle proclame son innocence. *Alors, que s'est-il passé ?* Qu'a-t-il *pu* arriver ?

Poussé dans ses derniers retranchements, Roddy écarta les mains :

– C'est incompréhensible ! Ce n'est tout de même pas l'infirmière qui a pu faire le coup, j'imagine ?

– À aucun moment l'infirmière ne s'est trouvée près des sandwiches – oh, j'ai vérifié –, et elle n'aurait pas pu empoisonner le thé sans s'empoisonner elle-même. Je m'en suis assuré. Et de surcroît, *pourquoi* aurait-elle souhaité la mort de Mary Gerrard ?

– Pourquoi *qui que ce soit* aurait-il souhaité qu'elle meure ? s'écria Roddy.

– C'est, semble-t-il, la question qui demeure sans réponse dans cette affaire. *Personne* ne souhaitait la mort de Mary Gerrard. (Sauf Elinor Carlisle, pensa-t-il in petto.) Conclusion, en bonne logique, Mary Gerrard n'a pas été assassinée ! Mais hélas, c'est faux. Elle a bel et bien été assassinée !

> » *Mais elle gît dans sa tombe, et*
> *tout a changé pour moi !*

ajouta-t-il sur un ton quelque peu théâtral.

– Je vous demande pardon ? s'étonna Roddy.

– Wordsworth, précisa Poirot. J'y reviens souvent. Ces vers exprimeraient-ils ce que vous ressentez ?

– Moi ?

Roddy s'était complètement refermé.

– Je vous présente mes excuses ! s'empressa aussitôt Poirot. Je vous présente mes plus plates excuses ! C'est tellement difficile d'être tout à la fois détective et gentleman. Il y a des choses qui ne se disent pas, c'est mille fois vrai. Mais hélas ! un détective est obligé de les dire. Il doit poser des questions, sur la vie privée des gens, sur leurs sentiments !

– Est-ce vraiment nécessaire ?

– Tout ce que je demande, c'est comprendre la situation, fit humblement Poirot. Ensuite nous laisserons ce sujet déplaisant et nous n'y reviendrons plus. Mr Welman, tout le monde sait que vous... admiriez beaucoup Mary Gerrard. C'est vrai, n'est-ce pas ?

Roddy se leva et s'approcha de la fenêtre. Il se mit à jouer avec le cordon du store.

– Oui, répondit-il.

– Vous étiez amoureux d'elle ?

– Je suppose que oui.

– Hum... Et sa mort vous a brisé le cœur ?

– Je... je pense... je veux dire...

Il fit soudain volte-face – frémissant, nerveux, à la torture :

– Vraiment, monsieur Poirot !...

– Si vous pouviez juste me raconter..., insista Poirot. Juste pour que j'y voie clair... Et puis nous n'en parlerons plus.

Roddy Welman s'assit et se mit à parler par bribes, sans regarder son interlocuteur :

– C'est difficile à expliquer. Faut-il absolument en passer par là ?

– On ne peut pas toujours fuir les désagréments de l'existence, Mr Welman ! Vous *supposez* que vous aimiez cette jeune fille, dites-vous. Vous n'en êtes donc pas sûr ?

– Je ne sais pas..., murmura Roddy. Elle était si jolie. Comme un rêve... Oui, c'est l'impression que j'ai maintenant. Un rêve ! Quelque chose qui n'avait rien de réel ! Tout cela... la première fois que nos regards se sont croisés... mon – mon engouement pour elle ! Une espèce de folie ! Et maintenant tout est fini... balayé, comme si... comme si ça n'avait jamais existé.

— Oui, je comprends..., dit Poirot en hochant la tête. Vous n'étiez pas en Angleterre lorsqu'elle est morte, n'est-ce pas ?

— Non, je suis parti pour l'étranger le 9 juillet et je suis rentré le 1er août. Le télégramme d'Elinor m'a suivi d'étape en étape. Je suis revenu dès que j'ai su.

— Ça a dû vous porter un coup. Cette jeune fille comptait beaucoup pour vous.

— Pourquoi faut-il que des choses pareilles vous arrivent ? s'exclama amèrement Roddy. Des choses qu'on aurait voulu ne jamais connaître. La négation de tout – de tout ce qu'on pouvait espérer de la vie !

— Ah, mais c'est précisément ça, la vie ! On ne peut pas l'organiser à sa guise. On ne peut pas échapper aux émotions, ni se réfugier dans la seule vie de l'esprit et de la raison ! Nul ne peut dire : « Je n'éprouverai rien au-delà de ça. » La vie, quoi qu'elle soit, n'est pas *raisonnable*, Mr Welman !

— On dirait bien..., murmura Roddy.

— Un matin de printemps, un visage de jeune fille – et la belle ordonnance d'une vie est bouleversée.

Roddy se crispa.

— Parfois, poursuivit Poirot, il s'agit d'un peu plus qu'un *visage*. Que saviez-vous au juste de Mary Gerrard, Mr Welman ?

— Ce que je savais d'elle ? répéta Roddy, accablé. Si peu, je m'en aperçois, maintenant. Elle était douce et aimable, je crois. Mais sincèrement je ne sais rien d'elle, rien du tout... C'est sans doute pour ça, j'imagine, qu'elle ne me manque pas...

Son animosité avait disparu, il parlait avec naturel et simplicité. Hercule Poirot savait faire tomber les défenses de l'adversaire. Roddy semblait même soulagé de pouvoir se confier :

— Douce, aimable... pas très intelligente. Sensible, je pense, et gentille. Elle avait une délicatesse qu'on ne s'attendait pas à trouver chez une fille de sa condition.

— Était-elle ce genre de fille qui se crée involontairement des ennemis ?

— Non, oh non, répondit Roddy en secouant vigoureusement la tête. Je ne conçois pas qu'on ait pu la haïr – la haïr vraiment, veux-je dire. La malveillance, c'est autre chose.

— La malveillance ? releva Poirot. Il y avait donc de la malveillance dans l'air ?

— Sans doute..., répondit Roddy, l'air absent. Sinon, comment expliquer cette lettre ?

— Quelle lettre ? demanda vivement Poirot.

Roddy rougit, embarrassé :

— Oh, rien d'important.

— Quelle lettre ? répéta Poirot.

— Une lettre anonyme, avoua Roddy à contrecœur.

— Quand l'a-t-on écrite ? À qui était-elle adressée ?

Roddy donna les explications de mauvaise grâce.

— C'est intéressant, ça, murmura Poirot. Puis-je la voir, cette lettre ?

— Je regrette beaucoup. Pour tout vous dire, je l'ai brûlée.

— Mais enfin voyons, pourquoi avez-vous fait cela ?

— Cela semblait la seule chose à faire sur le moment, répondit plutôt sèchement Roddy.

— Et à cause de cette lettre, miss Carlisle et vous, vous êtes précipités à Hunterbury ?

— Nous y sommes allés, oui. *Précipités*, je ne sais pas.

— Mais vous étiez un peu troublés, n'est-ce pas ? Peut-être même un peu inquiets ?

— Je ne vous permets pas ! s'indigna Roddy.

— Quoi de plus naturel, pourtant ? s'écria Poirot. Votre héritage, celui qu'on vous avait promis, était menacé ! Qui ne s'en serait pas inquiété ? L'argent, c'est très important !

— Pas autant que vous le prétendez.

— Quel détachement remarquable, vraiment !

Roddy s'empourpra :

— Oh, bien sûr que l'argent avait de l'importance. Nous n'y étions pas complètement indifférents. Mais notre principal objectif était de voir notre tante et de nous assurer qu'elle allait bien.

— Vous êtes allés à Hunterbury avec miss Carlisle. À ce moment-là, votre tante n'avait pas rédigé de testament. Peu après, elle a eu une nouvelle attaque. Alors, elle a voulu faire un testament. Mais, très opportunément – peut-être – pour miss Carlisle, elle est morte cette nuit-là sans en avoir eu le temps.

— Attention à ce que vous dites ! s'emporta Roddy, le visage plein de fureur.

— À vous croire, Mr Welman, lui répondit Poirot du tac au tac, le mobile attribué à Elinor Carlisle en ce qui concerne la mort de Mary Gerrard est une absurdité – elle n'est pas, mais pas du tout, fille à faire une chose pareille ! Mais on ne peut écarter une autre interprétation : Elinor Carlisle a des raisons de craindre que l'héritage lui échappe au profit d'une étrangère. La lettre l'a mise en garde, et les bribes de phrases prononcées par sa tante confirment cette crainte. En bas, dans le hall, se trouve une mallette pleine de médicaments en tout genre. Quoi de plus simple que de subtiliser un tube de morphine ? Ensuite, d'après ce qu'on m'a dit, *elle est restée seule auprès de votre tante pendant que vous dîniez en compagnie des deux infirmières...*

— Bon sang, monsieur Poirot, qu'est-ce que vous insinuez maintenant ? Qu'Elinor a tué tante Laura ? Mais c'est grotesque !

— Vous savez, n'est-ce pas, qu'on a ordonné l'exhumation du corps de Mrs Welman ?

— Oui, je le sais. Mais on ne trouvera rien !

— Supposez qu'on trouve...

— On ne trouvera rien ! martela Roddy.

— Je n'en suis pas si sûr. Et comprenez bien qu'à ce moment-là la mort de Mrs Welman ne profitait qu'à une seule personne...

Roddy s'assit. Son visage était blême, il tremblait un peu. Il regarda Poirot :

— Je croyais que vous étiez de son côté...

— Quel que soit mon parti, les faits sont les faits ! Mr Welman, je crois que jusqu'à présent vous avez passé votre vie à éviter de voir la vérité en face quand elle vous déplaisait.

— Pourquoi aller se torturer en envisageant toujours le pire ?

— Parce que c'est parfois nécessaire, répliqua Poirot devenu grave. Admettons que la mort de votre tante soit attribuée à une prise de morphine. Que va-t-il se passer ?

Roddy eut un geste d'impuissance :

— Je ne sais pas.

— Mais vous devez essayer de réfléchir. Qui aurait pu la lui donner ? Ne voyez-vous pas qu'Elinor était la mieux placée ?

— Et les infirmières ?

— Évidemment, l'une comme l'autre aurait pu le faire. Mais miss Hopkins s'inquiétait de la disparition du tube de morphine et l'a mentionnée alors que rien ne l'y obligeait. Le permis d'inhumer était déjà signé. Pourquoi attirer l'attention sur ce tube si elle était coupable ? Au mieux, elle s'attirait un blâme pour négligence, et, si elle avait empoisonné Mrs Welman, c'était franchement idiot de parler de la morphine. En outre, que gagnait-elle à la mort de Mrs Welman ? Rien. Et le même raisonnement s'applique à miss O'Brien : elle aurait pu administrer la morphine, elle aurait pu la dérober dans la trousse de sa collègue, mais encore une fois, *dans quel but ?*

— C'est vrai, tout ça, admit Roddy.

— Et puis, il y a *vous*, dit Poirot.

Roddy frémit comme un cheval ombrageux :

— Moi ?

— Mais oui. *Vous* auriez pu la voler, cette morphine. Vous auriez pu la donner à Mrs Welman ! Cette nuit-là, vous êtes resté un court moment seul avec elle. Mais, là encore, *pourquoi l'auriez-vous fait ?* Si elle avait vécu assez longtemps pour rédiger un testament, elle ne vous aurait sûrement pas oublié. Vous n'aviez donc pas de mobile. Deux personnes seulement en avaient un.

Le visage de Roddy s'éclaira :

— *Deux* personnes ?

— Oui. L'une était Elinor Carlisle.

— Et l'autre ?

— L'autre était l'auteur de la lettre anonyme.

Roddy eut l'air sceptique.

— Quelqu'un a écrit cette lettre – quelqu'un qui haïssait Mary Gerrard, ou, au moins, qui ne l'aimait pas, quelqu'un qui était «de votre côté», comme on dit. Quelqu'un, en somme, *qui ne voulait pas que la mort de Mrs Welman profite à Mary Gerrard.* Alors, Mr Welman, avez-vous une idée de la personne qui a pu écrire cette lettre ?

— Pas la moindre, répondit Roddy en secouant la tête. C'était une lettre pleine de fautes, un torchon, l'œuvre d'un illettré.

Poirot balaya l'air de la main :

— Cela ne veut rien dire ! Elle a très bien pu être écrite par une personne instruite qui ne tenait pas à le montrer, voilà pourquoi j'aurais bien voulu que vous l'ayez encore. Les gens instruits qui essaient d'écrire comme des illettrés se trahissent généralement.

— Elinor et moi avons pensé que c'était peut-être une des domestiques.

— Vous penchiez pour l'une en particulier ?

— Non... non, pour personne, au fond.

— Cela aurait-il pu être Mrs Bishop, la gouvernante ?

— Oh, non ! répondit Roddy, scandalisé. C'est une créature tout ce qu'il y a de respectable et de collet monté. Elle écrit des lettres alambiquées, bourrées d'imparfaits du subjonctif. Et par-dessus le marché, je suis sûr que jamais elle ne...

Comme il hésitait, Poirot intervint :

— Elle n'aimait guère Mary Gerrard !

— Ça, je veux bien le croire. Mais je ne l'ai personnellement jamais remarqué.

— Peut-être n'êtes-vous pas très observateur, Mr Welman...

Roddy se fit songeur :

— Vous ne pensez pas, monsieur Poirot, que ma tante aurait pu prendre cette morphine toute seule ?

— C'est une idée, en effet.

— Elle ne supportait plus son... son infirmité. Elle disait souvent qu'elle aurait aimé en finir.

— Mais elle n'a pas pu quitter son lit, descendre l'escalier et prendre la morphine dans la trousse de l'infirmière.

— Non, mais quelqu'un aurait pu le faire à sa place.

— Qui ?

— Eh bien, une des infirmières.

— Non, ni l'une ni l'autre. Elles savent trop bien ce qu'elles risquent ! Ce sont les dernières personnes à soupçonner.

— Alors — alors quelqu'un d'autre...

Roddy frémit soudain, sembla sur le point de poursuivre mais se retint.

— Vous venez de vous rappeler quelque chose, n'est-ce pas ? s'enquit Poirot d'un ton tranquille.

— Oui... mais...

— Et vous vous demandez si vous devez m'en parler ?

— Eh bien, oui...

— Quand miss Carlisle l'a-t-elle dit ? questionna Poirot, un curieux sourire au coin des lèvres.

Roddy prit une longue inspiration.

— Bon sang, mais vous êtes un sorcier ! explosa-t-il. Nous étions dans le train pour Hunterbury. Nous avions reçu le télégramme annonçant que tante Laura avait eu une autre attaque. Elinor disait qu'elle en était malade — que la pauvre tantine en avait par-dessus la tête, qu'elle allait sans doute être encore plus dépendante et que ce serait l'enfer pour elle.

Et elle a ajouté : «Tu ne trouves pas que les gens devraient être libres d'en finir si c'est ce qu'ils souhaitent ?»

— Et qu'avez-vous répondu ?

— Que j'étais bien d'accord.

— Mr Welman, fit Poirot d'un ton grave, vous avez écarté tout à l'heure la possibilité que miss Carlisle ait tué sa tante par intérêt. Écartez-vous également la possibilité qu'elle ait tué Mrs Welman par *compassion* ?

— Je... je... non, je ne peux pas...

Poirot hocha la tête. Il dit :

— Oui, je pensais bien... j'étais sûr que vous diriez cela...

7

Hercule Poirot fut reçu dans les bureaux de Messrs Seddon, Blackwick & Seddon, avec la plus extrême circonspection – pour ne pas dire la plus extrême méfiance.

Sur la réserve, tapotant de l'index son menton rasé de près, Me Seddon jaugeait pensivement le détective d'un œil gris et perçant.

— Votre nom m'est certes familier, monsieur Poirot, mais j'avoue ne pas très bien saisir votre rôle dans cette affaire.

— J'agis dans l'intérêt de votre cliente, monsieur.

— Oh... vraiment ? Et qui vous a... euh... confié cette mission ?

— Je suis ici à la demande du Dr Lord.

— Vraiment ? s'étonna encore Me Seddon en levant un sourcil. Voilà qui me semble irrégulier – des plus irréguliers. Le Dr Lord, que je sache, est cité comme témoin à charge.

Hercule Poirot haussa les épaules :

— Quelle importance ?

— Il nous revient de prendre toute mesure concernant la

défense de miss Carlisle. Je ne vois pas que nous ayons besoin d'aide extérieure en la matière.

— L'innocence de votre cliente est-elle donc si facile à prouver ? demanda Poirot.

Me Seddon tressaillit.

— Votre question est inconvenante, répliqua-t-il avec la colère feutrée d'un homme de loi, tout à fait inconvenante.

— Les charges qui pèsent sur votre cliente sont fort lourdes...

— Je ne vois pas très bien ce qui vous permet d'en juger, monsieur Poirot.

— C'est bien le Dr Lord qui m'a engagé, mais j'ai là une lettre de Mr Roderick Welman, dit Poirot en la produisant avec une courbette.

Me Seddon en prit connaissance.

— Eh bien, dans ce cas, déclara-t-il de mauvaise grâce, la situation est différente. Mr Welman a pris la responsabilité de la défense de miss Carlisle. Nous agissons à sa requête.

» Notre cabinet, poursuivit-il avec répugnance, s'occupe rarement d'affaires... euh... criminelles, mais j'ai pensé que, par devoir envers ma... défunte cliente, il nous incombait d'assurer la défense de sa nièce. Nous l'avons confiée à sir Edwin Bulmer.

— Vous ne regardez pas à la dépense, nota Poirot avec un sourire ironique. C'est très bien.

Me Seddon le fustigea du regard par-dessus ses lunettes.

— Vraiment, monsieur Poirot ! s'offusqua-t-il pour la énième fois.

Poirot coupa court à ses protestations :

— Les effets de manche et les beaux sentiments ne sauveront pas votre cliente. Il faudra plus que ça.

— Que préconisez-vous ? demanda fraîchement Me Seddon.

— Bah ! Il y a toujours la vérité.

— Certes.

– Mais, en l'occurrence, la vérité nous sera-t-elle favorable ?

– Cette remarque est tout à fait déplacée, monsieur Poirot, frémit Me Seddon, fort courroucé.

– Il y a quand même un certain nombre de questions dont j'aimerais bien connaître les réponses, fit Poirot.

– Je ne peux rien vous promettre sans le consentement de ma cliente, répondit prudemment le notaire.

– Bien entendu, je le comprends.

Il marqua un temps, puis s'enquit :

– Elinor Carlisle a-t-elle des ennemis ?

Me Seddon accusa une légère surprise :

– Non, pas que je sache.

– Mrs Welman a-t-elle, à un moment quelconque, rédigé un testament ?

– Jamais, elle en a toujours repoussé l'échéance.

– Elinor Carlisle a-t-elle fait son testament ?

– Oui, en effet.

– Récemment ? Après la mort de sa tante ?

– Oui.

– À qui lègue-t-elle ses biens ?

– Ceci, monsieur Poirot, est confidentiel. Je ne peux le révéler sans l'autorisation de ma cliente.

– Alors, je demanderai un entretien à votre cliente.

– Ce sera difficile, je le crains, fit observer Me Seddon avec un sourire glacial.

Poirot balaya cette objection.

– Rien n'est difficile pour Hercule Poirot, dit-il en se levant.

8

L'inspecteur Marsden se montra affable :

– Alors, monsieur Poirot, vous venez éclairer ma lanterne sur une affaire ?

– Non, non, pas du tout, se défendit Poirot, modeste comme toujours. Je voudrais seulement satisfaire une petite curiosité.

– Trop heureux de vous aider. De quelle affaire s'agit-il ?

– Elinor Carlisle.

– Ah oui, la fille qui a empoisonné Mary Gerrard ? Le jugement doit avoir lieu dans une quinzaine. Intéressante, cette histoire. Au fait, vous savez qu'elle a aussi trucidé la vieille ? Nous attendons encore les conclusions définitives, mais cela ne semble pas faire de doute. Morphine. Une jolie poupée à la tête froide. Jamais bronché, ni au moment de son arrestation, ni après. Pas lâché un mot – rien. Mais son dossier est bien ficelé. Elle est cuite.

– Vous croyez qu'elle est coupable ?

Marsden, un homme d'expérience à la mine bienveillante, fit oui de la tête :

– Sans l'ombre d'un doute. Elle a mis le poison dans le sandwich du dessus. Tranquillement.

– Vous en êtes sûr ? Absolument sûr ?

– Oh oui ! Sûr et certain. Et c'est rudement agréable d'être sûr de son coup à ce point-là. On est comme tout le monde, dans la police, on n'aime pas se fourrer le doigt dans l'œil. Contrairement à ce que les gens s'imaginent, on n'a aucune envie d'un coupable à tout prix. Cette fois, j'ai la conscience tranquille.

– Je vois...

L'homme de Scotland Yard regarda Poirot avec attention :

– Il y a un élément nouveau ?

Poirot secoua lentement la tête :

— Non, pas jusqu'à maintenant. Tout ce que j'ai trouvé semble indiquer qu'Elinor Carlisle est coupable.

— Bien sûr, qu'elle est coupable ! s'exclama l'inspecteur Marsden avec une assurance enjouée.

— Je souhaiterais la voir, dit Poirot.

L'inspecteur Marsden eut un sourire indulgent :

— Le secrétaire du Home Office vous mange dans la main, non ? Cela ne devrait pas présenter de problème.

9

— Alors ? demanda Peter Lord.

— Alors, rien, répondit Poirot.

— Vous n'avez rien trouvé ? insista le médecin.

— Elinor Carlisle a tué Mary Gerrard par jalousie... Elinor Carlisle a tué sa tante pour hériter de sa fortune... Elinor Carlisle a tué sa tante par compassion... Faites votre choix, mon bon ami !

— Vous déraillez complètement !

— Croyez-vous ?

— Qu'est-ce que vous me chantez là ? s'écria Lord, son visage taché de son, tout contracté par la colère.

— Vous pensez que c'est possible ?

— Que *quoi* est possible ?

— Qu'Elinor Carlisle n'ait pas supporté la détresse de sa tante, et qu'elle l'ait aidée à en finir.

— Complètement idiot !

— Vraiment ? Vous m'avez dit vous-même que la vieille dame vous avait demandé de le faire.

— Elle ne parlait pas sérieusement. Elle savait que je ne le ferais jamais.

— Mais elle y pensait sans cesse. Elinor Carlisle aurait pu se laisser convaincre.

Peter Lord arpentait la pièce de long en large.

– Oui, c'est possible, pourquoi le nier ? dit-il enfin. Mais Elinor Carlisle est une jeune femme équilibrée, elle a les idées claires et je ne pense pas qu'elle se serait laissé emporter par la pitié au point d'oublier le risque encouru. Et, ce risque, elle l'aurait parfaitement mesuré : on pouvait l'accuser de meurtre.

– Vous croyez donc qu'elle n'a pas «donné un coup de main à la mort » ?

– Je crois qu'un risque pareil, une femme le prendrait pour son mari, pour son gosse, ou pour sa mère à la rigueur, répondit posément Lord. Mais pas pour une tante, quelle que soit l'affection qu'elle puisse lui porter. Et de toute façon, il faudrait que la personne en question souffre le martyre.

– Vous avez peut-être raison, fit Poirot.

Il demeura pensif un instant, puis s'enquit :

– À votre avis, est-ce que Roderick Welman aurait pu être assez... bouleversé pour se lancer dans une opération pareille ?

– Il n'en aurait jamais eu le cran ! répondit Peter Lord, méprisant.

– Je me le demande, murmura Poirot. Vous sous-estimez quelque peu ce jeune homme, très cher.

– Oh bon, il est intelligent et cultivé, d'accord.

– Exactement. Et il a du charme aussi... oui, j'y ai été sensible.

– Ah bon ? Eh bien pas moi !

Peter Lord se fit implorant :

– Allons, Poirot, vous n'avez vraiment rien de rien ?

– Jusqu'ici, je n'ai pas été très heureux dans mes recherches ! Elles me ramènent toujours au même point : personne n'avait intérêt à la mort de Mary Gerrard – personne ne haïssait Mary Gerrard excepté Elinor Carlisle. Mais peut-être reste-t-il encore une question à se poser, et c'est celle-ci : *quelqu'un haïssait-il Elinor Carlisle ?*

Le Dr Lord secoua lentement la tête :

– Non, pas à ma connaissance... Vous voulez dire que – que quelqu'un aurait tout monté pour qu'elle soit accusée ?

Poirot acquiesça d'un signe de tête :

– C'est plutôt tiré par les cheveux, surtout que rien ne l'indique... sauf peut-être, justement, l'accumulation des éléments qui l'accusent.

Il parla à Lord de la lettre anonyme :

– Vous voyez, cela vient parachever l'accusation. On avait averti la jeune femme qu'elle risquait d'être déshéritée par sa tante – que cette fille, une étrangère, allait peut-être tout empocher. Et lorsque sa tante a réussi à articuler qu'elle voulait voir son notaire, elle a joué son va-tout et décidé que la vieille dame mourrait cette nuit-là.

– Et Roderick Welman ? s'écria Peter Lord. Lui aussi, il allait tout perdre !

– Au contraire, c'était son intérêt que Mrs Welman fasse un testament, sinon il n'avait rien, rappelez-vous. Elinor était la parente la plus proche.

– Mais il devait l'épouser !

– C'est vrai, mais rappelez-vous aussi que les fiançailles ont été rompues immédiatement après, que Roderick Welman lui a clairement fait comprendre qu'il souhaitait recouvrer sa liberté.

– Et voilà, grogna Peter Lord en se prenant la tête à deux mains, chaque fois nous retombons sur elle !

– Oui. À moins que...

Poirot resta silencieux quelques instants, puis reprit :

– Il y a bien quelque chose...

– Oui ?

– Une petite pièce du puzzle qui manque. Quelque chose – de cela je suis sûr – qui concerne Mary Gerrard. Mon bon ami, vous devez entendre pas mal de ragots, de médisances dans le pays. Avez-vous jamais entendu des racontars sur son compte ?

– Sur Mary Gerrard ? Sur sa conduite, vous voulez dire ?

– N'importe quoi. Une vieille histoire, une indélicatesse

de sa part, un petit scandale, un doute sur son honnêteté, une rumeur malveillante, n'importe quoi qui ternisse sa réputation...

— J'espère que vous n'avez pas l'intention d'aller dégoter des horreurs sur cette pauvre jeune fille qui n'est même plus là pour se défendre... D'ailleurs je suis sûr que vous n'y parviendriez pas.

— C'était donc un parangon de vertu, un être pur et sans reproche ?

— Oui, pour autant que je le sache. Je n'ai jamais entendu un autre son de cloche.

— N'allez pas croire, mon tout bon, que je veuille remuer la boue là où il n'y en a pas... Non, loin de moi cette idée, mais la bonne miss Hopkins n'est pas particulièrement adepte de la discrétion. Elle aimait beaucoup Mary et il y a quelque chose à son sujet qu'elle ne veut pas qu'on sache. Quelque chose qu'elle a peur que je découvre. Elle pense que cela n'a pas de rapport avec le meurtre. En revanche, elle est convaincue qu'Elinor Carlisle est coupable – ce qui, de toute évidence, revient à dire que ce fait, quel qu'il soit, n'a rien à voir avec Elinor. Mais, voyez-vous, mon bon ami, il est indispensable que je sache tout. Car s'il s'agissait d'un tort causé par Mary à une tierce personne, celle-ci aurait eu un mobile pour vouloir sa mort.

— Mais miss Hopkins aurait sûrement compris ça, objecta Peter Lord.

— Miss Hopkins est une femme intelligente, dans certaines limites. Mais son cerveau est loin d'égaler le *mien*. Là où elle n'y voit que du feu, Hercule Poirot, lui, aurait une illumination !

— Je suis désolé, déclara Peter Lord avec un geste d'impuissance. Je ne sais rien.

— Ted Bigland non plus, nota Poirot, la mine pensive. Et pourtant il a toujours vécu ici, près de Mary. Et Mrs Bishop non plus, parce que si elle avait su quelque chose de pas très honorable sur Mary, elle ne l'aurait sûrement pas gardé pour elle ! Enfin ! Heureusement qu'il reste encore un espoir.

— Un espoir ?

— Oui. Je vois aujourd'hui l'autre infirmière, miss O'Brien.

— Elle ne connaît pas bien le coin, dit Peter Lord, sceptique. Elle n'est restée ici qu'un mois ou deux.

— Je ne le sais que trop, mon bon ami. Mais miss Hopkins a la langue bien pendue, ai-je cru comprendre. Si elle n'a pas cancané dans le village, afin de ne pas causer de tort à Mary Gerrard, cela m'étonnerait qu'elle ait pu se retenir de faire au moins une allusion devant une étrangère – collègue de surcroît ! Miss O'Brien sait peut-être quelque chose.

10

Miss O'Brien fit virevolter ses mèches rousses et adressa, à travers la table à thé, un sourire béat au petit homme assis en face d'elle.

« C'est donc lui que le Dr Lord trouve si intelligent, pensait-elle, ce drôle de petit bonhomme aux yeux verts comme ceux d'un chat ! »

— C'est un plaisir de rencontrer quelqu'un comme vous, si plein de santé et de vitalité, dit Poirot. Je suis sûr que votre belle humeur suffit à guérir tous vos malades.

— Ça, je ne suis pas d'une nature chagrine, et je n'ai pas vu mourir beaucoup de mes patients, Dieu merci.

— Dans le cas de Mrs Welman, bien sûr, ce fut une délivrance.

— Ah, ça, c'est bien vrai, pauvre femme !

Elle jeta un regard aigu à Poirot :

— C'est de ça que vous vouliez me parler ? À ce qu'il paraît qu'on a exhumé le corps !

— Vous-même, vous n'aviez rien soupçonné à l'époque ?

— Rien du tout, non. J'aurais bien dû, pourtant, à voir la tête que faisait le Dr Lord ce matin-là — et que je t'envoie chercher ci et ça, des choses dont il n'avait aucun besoin ! Mais avec tout ça il a quand même signé le permis d'inhumer.

— Il avait ses raisons..., commença Poirot.

Mais elle lui coupa la parole :

— Et il a bien fait. Un médecin n'a pas intérêt à imaginer des choses qui offensent la famille. Parce que s'il se trompe, c'est terminé — personne ne voudra plus faire appel à lui. Un médecin, ça n'a pas le droit de commettre de bourdes !

— Certains pensent que Mrs Welman aurait pu se suicider, hasarda Poirot.

— Elle ? Clouée sur son lit ? Lever une main, c'est bien tout ce qu'elle pouvait faire !

— Quelqu'un aurait pu l'aider ?

— Ah, je vois où vous voulez en venir. Vous pensez à miss Carlisle ou à Mr Welman, ou à Mary Gerrard peut-être ?

— Ce serait possible, non ?

Miss O'Brien secoua la tête :

— Ils n'auraient pas osé. Ni les uns ni les autres.

— Peut-être bien que non, admit Poirot.

Puis il questionna :

— Quand miss Hopkins s'est-elle aperçue qu'il lui manquait un tube de morphine ?

— Le matin même. « J'aurais juré que je l'avais dans ma trousse », qu'elle disait. Ça, c'était au début, mais vous savez comment c'est, au bout d'un moment tout se mélange dans la tête et à la fin elle était sûre de l'avoir oublié chez elle.

— Et même à ce moment-là vous n'avez rien soupçonné ? demanda Poirot dans un murmure.

— Absolument rien ! Non, je n'ai pas pensé un instant qu'il y avait quelque chose d'anormal. Et même aujourd'hui, on n'a que des soupçons.

— La disparition de ce tube ne vous a jamais tracassées, miss Hopkins et vous ?

— Eh bien, ce n'est pas complètement exact... Je me souviens très bien d'y avoir repensé, et miss Hopkins aussi. Même que je crois qu'on était toutes les deux en train de prendre le thé à la *Mésange Bleue*. Ç'a été comme de la transmission de pensée. « Ça n'est pas impossible que je l'aie posé sur la cheminée, qu'il ait roulé et qu'il soit tombé dans la corbeille à papiers... ça doit être ça parce que je ne vois pas d'autre explication », qu'elle m'a fait. Et moi je lui ai dit comme ça que oui, que c'était sûrement ce qui s'était passé. Et c'est tout, nous n'avons pas parlé de ce que nous avions dans la tête et qui nous faisait peur.

— Et maintenant, demanda Poirot, que pensez-vous ?

— Si jamais on retrouve de la morphine dans le corps, ce ne sera pas la peine de chercher bien loin qui a pris le tube et dans quel but. Mais tant qu'on n'aura pas prouvé qu'il y a de la morphine dans le corps de la vieille dame, je ne croirai pas qu'elle l'a, elle aussi, envoyée manger les pissenlits par la racine.

— Pour vous, il ne fait aucun doute qu'Elinor Carlisle a assassiné Mary Gerrard ?

— Pour moi, il n'y a pas de question, comme on dit ! Qui d'autre avait une raison de le faire ?

— C'est là tout le problème, dit Poirot.

— Mais moi, je vous prie de croire que j'étais là, et pas qu'un peu, la nuit où la pauvre vieille essayait de lui parler ! déclara miss O'Brien, théâtrale. Et miss Elinor qui lui promettait la lune et le reste ! Et est-ce que je n'ai pas vu la haine dans ses yeux un jour où elle regardait Mary descendre les escaliers ? C'est le meurtre et rien d'autre qu'elle avait dans le cœur à ce moment-là.

— Mais à supposer qu'Elinor Carlisle ait tué Mrs Welman, pourquoi l'aurait-elle fait ?

— Pourquoi ? Pour l'argent, pardi ! Deux cent mille livres, pas moins. Voilà ce qu'elle en tire et voilà pourquoi elle l'a fait – si elle l'a fait. C'est une fille intelligente, culottée et qui n'a peur de rien.

– Si Mrs Welman avait eu le temps de rédiger un testament, qu'aurait-elle fait de sa fortune, à votre avis ?

– Oh, ce n'est pas à moi de le dire, affirma miss O'Brien en montrant tous les signes qu'elle s'apprêtait à le faire. Mais croyez-moi, la vieille dame aurait laissé à Mary Gerrard jusqu'à son dernier sou.

– Pourquoi ?

Ce simple mot eut le don de jeter miss O'Brien dans un grand trouble.

– Pourquoi ? Vous me demandez *pourquoi* ? Eh bien... à mon avis, parce que ça devait finir comme ça.

– D'aucuns, murmura Poirot, pourraient dire que Mary Gerrard avait bien mené sa barque, qu'elle avait su entrer dans les bonnes grâces de la vieille dame au point de lui faire oublier les liens du sang.

– Qu'ils le disent, décréta posément miss O'Brien.

– Mary Gerrard était-elle une intrigante ?

– Ce n'est pas comme ça que je la vois... Elle était simple et naturelle. Sans arrière-pensées – non, ça, ce n'était pas son genre. Et puis, je vais vous dire, derrière toutes ces affaires de famille, il y a souvent des raisons qui ne viennent jamais à être connues.

– Vous êtes une personne très discrète, miss O'Brien, dit doucement Poirot.

– Je ne suis pas du genre à parler de ce qui ne me regarde pas.

Les yeux dans les yeux, Poirot poursuivit :

– Miss Hopkins et vous êtes tombées d'accord qu'il valait mieux ne pas déterrer certaines choses, n'est-ce pas ?

– Qu'est-ce que vous entendez par là ?

– Oh, rien à voir avec le crime – ou les crimes, s'empressa de préciser Poirot. Je pense à... à l'autre chose.

Miss O'Brien hocha la tête :

– À quoi ça rimerait de remuer la boue et les vieilles

histoires ? C'était une vieille dame tout ce qu'il y a de bien, qui n'a jamais prêté le flanc au scandale. Et elle est morte respectée de tous.

— C'est vrai, approuva Poirot, Mrs Welman était très respectée à Maidensford.

L'entretien avait pris un tour imprévu, mais le visage de Poirot n'exprimait aucun étonnement.

— Et puis c'est tellement loin, tout ça, reprit miss O'Brien. Ils sont tous morts et enterrés. Moi, ces histoires d'amour, je n'y peux rien, ça me remue. Et, comme je le dis toujours, c'est dur pour un homme dont la femme est à l'asile d'être enchaîné toute sa vie – de n'attendre la liberté que de la mort.

— Oui, c'est dur..., répéta Poirot, se cramponnant pour dissimuler sa surprise.

— Miss Hopkins ne vous a pas parlé de nos lettres qui se sont croisées ?

— Non, ça, elle ne m'en a pas parlé, put dire Poirot en toute sincérité.

— Cette fois-là, comme dit l'autre, pour une coïncidence... Mais c'est toujours comme ça ! Vous entendez un nom et, un ou deux jours plus tard, comme par un fait exprès, vous retombez dessus ailleurs. Quand même, que je voie cette photographie sur le piano, au moment même où, à Maidensford, la gouvernante de l'ancien médecin racontait toute l'histoire à miss Hopkins, avouez que ... !

— C'est – c'est fascinant, voulut bien admettre Poirot.

Il se reprit et hasarda :

— Mary Gerrard était-elle... au courant ?

— Qui aurait été lui raconter ça ? Pas moi, en tout cas – ni miss Hopkins. Qu'est-ce que ça lui aurait apporté de bon ?

Elle fit virevolter ses mèches rousses et regarda son vis-à-vis droit dans les yeux.

— Oui, quoi, en effet ? soupira Poirot.

11

Elinor Carlisle...

Par-dessus la table qui les séparait, Poirot l'observait d'un œil inquisiteur.

Ils étaient seuls. Un gardien les surveillait derrière une vitre.

Poirot étudia le visage intelligent au front pâle et haut, le modelé délicat des oreilles et du nez. Un beau visage. Un être fier et sensible, de la race, de la maîtrise et, aussi... des réserves de passion.

— Je suis Hercule Poirot, dit-il. C'est le Dr Lord qui m'envoie. Il croit que je peux vous aider.

— Peter Lord..., répéta Elinor.

Un sourire mélancolique apparut sur ses lèvres.

— C'est gentil de sa part, reprit-elle poliment, mais je ne pense pas que vous puissiez faire grand-chose.

— Répondrez-vous à mes questions ?

Elle soupira.

— Il vaudrait mieux ne pas les poser, dit-elle. Croyez-moi, je suis en bonnes mains. Mᵉ Seddon a été parfait. Je vais avoir un avocat célèbre.

— Pas aussi célèbre que moi !

— Il a une grande réputation, dit Elinor avec une nuance de lassitude.

— Dans la défense des criminels, certes. Moi j'ai la réputation de faire éclater l'innocence.

Elle leva enfin les yeux, des yeux d'un bleu profond, magnifique, et les plongea dans ceux de Poirot.

— Vous me croyez innocente ? lui demanda-t-elle.

— Vous l'êtes ?

Elinor sourit, d'un petit sourire ironique :

— C'est un exemple de vos questions ? C'est si facile de répondre oui !

— Vous êtes très fatiguée, n'est-ce pas ? demanda inopinément Poirot.

Elinor ouvrit de grands yeux :

— Eh bien, oui... plus que toute autre chose. Comment le savez-vous ?

— Je le savais, c'est tout.

— Je serai contente lorsque ce sera... terminé.

Poirot l'observa un instant en silence.

— J'ai rencontré votre... cousin, déclara-t-il enfin. Puis-je, par commodité, appeler ainsi Mr Roderick Welman ?

Une rougeur monta doucement au fier visage. Poirot comprit qu'il venait d'obtenir la réponse à une question qu'il n'avait pas eu besoin de poser.

— Vous avez vu Roddy ? fit-elle d'une voix qui tremblait quelque peu.

— Il fait son possible pour vous aider.

— Je sais, murmura-t-elle dans un souffle.

— Il est pauvre ou riche ?

— Roddy ? Oh, il ne possède pas beaucoup d'argent personnel.

— Et il est dépensier ?

— Ni l'un ni l'autre nous n'étions guère économes, répondit-elle l'air absent. Nous savions qu'un jour...

— Vous comptiez sur votre héritage ? C'est bien compréhensible.

Il demeura un instant silencieux avant de poursuivre :

— On vous a peut-être informée des résultats de l'autopsie de votre tante. Elle est morte d'une injection de morphine.

— Je ne l'ai pas tuée, déclara Elinor Carlisle d'un ton froid.

— L'avez-vous aidée à mettre fin à ses jours ?

— L'ai-je aidée... ? Oh, je vois ! Non, je ne l'ai pas aidée.

— Saviez-vous que votre tante n'avait pas fait de testament ?

— Non, pas du tout.

Elle répondait machinalement, d'une voix égale et triste.

— Vous-même, avez-vous fait votre testament ?

— Oui.

— Le jour où le Dr Lord vous en a parlé ?

— Oui.

De nouveau, cette légère rougeur.

— Miss Carlisle, comment avez-vous disposé de votre fortune ?

— J'ai tout légué à Roddy... à Roderick Welman.

— Le sait-il ?

— Sûrement pas, dit-elle vivement.

— Vous n'en avez pas parlé ensemble ?

— Bien sûr que non. Il aurait été affreusement gêné et il aurait totalement désapprouvé.

— Qui connaît le contenu de votre testament ?

— Uniquement Me Seddon... et ses clercs, je suppose.

— Est-ce Me Seddon qui a préparé le document ?

— Oui. Je lui ai écrit le soir même... je veux dire le soir de ma discussion avec le Dr Lord.

— Avez-vous posté votre lettre vous-même ?

— Non, on l'a portée à la boîte à lettres avec le reste du courrier de la maison.

— Vous l'avez donc écrite, mise dans une envelope, cachetée, timbrée et postée... comme ça ? Vous n'avez pas pris le temps d'y réfléchir ou de la relire ?

— Si, je l'ai relue, répondit Elinor en regardant Poirot bien en face. Je suis montée dans ma chambre chercher des timbres et à mon retour, j'ai relu la lettre pour m'assurer qu'elle était claire.

— Y avait-il quelqu'un dans la pièce ?

— Seulement Roddy.

— Savait-il ce que vous étiez en train de faire ?

— Non, je vous l'ai déjà dit.

— Quelqu'un aurait-il pu lire la lettre en votre absence ?

— Je ne sais pas... Vous pensez aux domestiques ? Peut-être, si par hasard elles sont entrées au moment où je n'étais pas là.

— Et avant que Mr Roderick Welman n'entre lui-même.

— Oui.

– Aurait-il pu la lire aussi ?

– Monsieur Poirot, dit Elinor d'une voix claire et méprisante, je peux vous affirmer que mon «cousin», comme vous l'appelez, ne lit pas le courrier d'autrui.

– Idée préconçue. Vous seriez surprise du nombre de gens qui font des choses «qui ne se font pas».

Elinor haussa les épaules.

– Est-ce ce jour-là que vous est venue pour la première fois l'idée de tuer Mary Gerrard ? dit Poirot d'un air détaché.

Le visage d'Elinor se colora de nouveau, cette fois comme sous l'effet d'un feu intérieur.

– C'est Peter Lord qui vous a dit ça ?

– J'ai raison, n'est-ce pas ? dit Poirot avec douceur. Vous l'avez vue par la fenêtre, elle rédigeait son testament et vous avez pensé que ce serait drôle – et bien commode – si Mary disparaissait...

– Il l'a deviné – il l'a deviné rien qu'en me regardant, dit Elinor d'une voix étouffée.

– Le Dr Lord devine beaucoup de choses... Ce jeune homme, avec ses cheveux de paille et ses taches de rousseur, c'est loin d'être un imbécile...

– Est-ce que c'est vrai qu'il vous envoie pour... pour m'aider ? demanda Elinor d'une voix sourde.

– C'est vrai, mademoiselle.

Elle poussa un profond soupir.

– Je ne comprends pas, murmura-t-elle. Non, je ne comprends pas.

– Écoutez, miss Carlisle, il est indispensable que vous me racontiez exactement ce qui s'est passé le jour où Mary Gerrard est morte : où vous êtes allée, ce que vous avez fait ; il faut même que vous alliez jusqu'à me dire ce que vous avez pensé.

Elle le regarda dans les yeux. Et un étrange petit sourire lui vint lentement aux lèvres.

– Vous devez être bien naïf, dit-elle. Vous ne voyez pas comme il me serait facile de vous mentir ?

– Aucune importance, répondit Poirot, placide.

– Aucune importance ? s'étonna-t-elle.

– Non. Les mensonges, mademoiselle, en apprennent autant que la vérité à celui qui sait écouter. Plus même, parfois. Allons-y, voulez-vous ? Vous avez rencontré la gouvernante, cette bonne Mrs Bishop. Elle a proposé de venir vous aider et vous avez refusé. Pourquoi ?

– Je voulais être seule.

– Pourquoi ?

– Pourquoi ? Pourquoi ? Parce que je voulais... réfléchir.

– Vous vouliez vous représenter la situation... bon. Et ensuite, qu'avez-vous fait ?

Elinor releva la tête avec défi :

– J'ai acheté de la pâte à tartiner pour faire des sandwiches.

– Deux pots ?

– Oui, deux.

– Et vous vous êtes rendue à Hunterbury. Qu'avez-vous fait une fois sur place ?

– Je suis montée dans la chambre de ma tante et j'ai commencé à trier ses affaires.

– Qu'avez-vous trouvé ?

– Trouvé ? (Elle fronça les sourcils.) Des vêtements, des vieilles lettres, des photographies, des bijoux.

– Pas de secrets ?

– Des secrets ? Je ne comprends pas.

– Bien, continuons. Ensuite ?

– Je suis descendue à l'office préparer les sandwiches...

– Et à ce moment-là, à quoi pensiez-vous ? demanda doucement Poirot.

Le regard bleu d'Elinor s'éclaira soudain :

– Je pensais à mon homonyme, Alienor d'Aquitaine...

– Je conçois parfaitement cela.

– Vraiment ?

– Oh oui, je connais l'histoire. Elle offrit à la blonde

Rosemonde de choisir entre la dague *et une coupe de poison*, n'est-ce pas ? Rosemonde choisit le poison...

Blême, Elinor garda le silence.

– Mais peut-être, cette fois, *ne devait-il pas y avoir de choix*, dit Poirot... Continuez, mademoiselle. Quelle a été l'étape suivante ?

– J'ai disposé les sandwiches sur une assiette et je suis allée à la loge. Miss Hopkins était là, avec Mary. Je leur ai dit qu'il y avait des sandwiches à la maison.

Poirot l'observait.

– Et vous y êtes retournées toutes les trois ensemble ? demanda-t-il.

– Oui. Nous avons mangé les sandwiches au petit salon.

– C'est ça... *comme dans un rêve...* Et ensuite...

– Ensuite ? fit-elle, le regard soudain fixe. Ensuite, je l'ai laissée... debout près de la fenêtre et je suis allée à l'office. C'était *comme dans un rêve*, en effet... L'infirmière faisait la vaisselle... Je lui ai donné les pots.

– Bien, bien. Et que s'est-il passé après ? À quoi avez-vous pensé ?

– L'infirmière avait une marque au poignet, dit Elinor d'une voix rêveuse. J'en ai fait la remarque et elle a dit que c'était une épine du rosier grimpant près de la loge. *Les roses de la Loge...* Une fois, il y a longtemps, nous nous étions querellés, Roddy et moi, à cause de la guerre des Deux Roses. Il était York et j'étais Lancastre. Il aimait les roses blanches. Je prétendais que ce n'était pas de vraies roses – qu'elles n'avaient même pas de parfum ! J'aimais les roses rouges, sombres et veloutées – les roses qui sentent l'été... Nous nous battions comme des idiots. Tout cela m'est revenu... là, dans l'office... et quelque chose – quelque chose s'est brisé... la haine qui était dans mon cœur, elle s'est évanouie lorsque je nous ai revus, enfants, tous ensemble. Je ne haïssais plus Mary. Je ne voulais pas qu'elle meure...

Elle se tut.

– Mais plus tard, quand nous sommes retournées au

salon, reprit-elle dans un murmure, elle était en train de mourir...

Le silence retomba. Poirot la fixait d'un regard pénétrant. Elle rougit :

– Allez-vous encore me demander si... *si j'ai tué Mary Gerrard ?*

Poirot se leva.

– Je ne vous demanderai rien, articula-t-il à la hâte. Il y a des choses que je ne veux pas savoir...

12

Le Dr Lord attendait à la gare ainsi qu'on l'en avait prié.

Hercule Poirot descendit du train. Bottines de cuir vernies à bouts pointus, il avait l'air londonien en diable.

Peter Lord le dévisagea d'un œil anxieux, mais il resta impénétrable.

– J'ai fait de mon mieux pour obtenir des réponses à vos questions, dit Peter Lord. Primo, Mary Gerrard a quitté le pays le 10 juillet pour se rendre à Londres. Secundo, je n'ai pas de gouvernante, ce sont deux jeunes péronnelles qui s'occupent de ma maison. La personne dont il s'agit est certainement Mrs Slattery, la gouvernante du Dr Ransome, mon prédécesseur. Je peux vous conduire chez elle ce matin si vous le désirez, j'ai tout arrangé.

– Oui, répondit Poirot, je crois que c'est aussi bien de commencer par elle.

– Et puis vous vouliez voir Hunterbury, je peux vous y accompagner. Ça me dépasse que vous n'y soyez pas encore allé. Je ne comprends pas pourquoi vous ne l'avez pas fait l'autre jour. J'aurais juré que, dans une affaire comme celle-ci, la première chose à faire c'était d'aller sur les lieux du crime.

– Pourquoi ? s'enquit Poirot en penchant un peu la tête de côté.

– Pourquoi ? fit Peter Lord, ébahi. Ce n'est pas comme ça qu'on procède habituellement ?

– Le travail de détective, ça ne se fait pas avec un manuel ! C'est son intelligence qu'il faut, le cas échéant, utiliser.

– Vous auriez pu y trouver une piste.

– Vous lisez trop de romans policiers, soupira Poirot. La police de ce pays est admirable. Je ne doute pas qu'elle ait exploré les lieux de fond en comble.

– Pour dénicher des preuves *contre* Elinor Carlisle – pas des preuves en sa faveur.

Poirot poussa un profond soupir.

– Mon très cher et excellent ami, ce ne sont pas des monstres, ces policiers ! Elinor Carlisle a été arrêtée parce qu'il s'est trouvé assez d'éléments pour l'accuser – un faisceau de preuves concordantes et accablantes, il faut bien l'avouer. Ça ne m'aurait servi à rien de repasser derrière la police.

– Mais c'est pourtant bien ce que vous allez faire maintenant ? objecta Peter.

Poirot acquiesça :

– Oui. Maintenant, c'est nécessaire. Parce que maintenant *je sais très exactement ce que je cherche*. Avant d'utiliser ses yeux, il faut utiliser à fond ses petites cellules grises.

– Si je comprends bien, vous pensez donc qu'on pourrait encore trouver quelque chose là-bas ?

– J'ai idée qu'on va effectivement y trouver quelque chose, oui, répondit doucement Poirot.

– Quelque chose qui prouverait l'innocence d'Elinor ?

– Ah, je n'ai pas dit ça.

Peter Lord se figea :

– Ne me dites pas que vous la croyez encore coupable !

– Avant d'avoir une réponse à cette question, mon bon ami, dit Poirot d'une voix grave, il va falloir attendre.

*

Poirot déjeunait avec le Dr Lord dans une pièce de belles proportions ouverte sur le jardin.

– Vous avez obtenu ce que vous attendiez de la vieille Mrs Slattery ? demanda Lord.

– Oui.

– Et qu'en attendiez-vous ?

– Des potins ! Des vieilles histoires. Certains crimes ont parfois leurs racines dans le passé. Je crois que c'est le cas cette fois-ci.

– Je ne comprends pas un traître mot à ce que vous dites, déclara Peter Lord, agacé.

Poirot sourit.

– Ce poisson est d'une remarquable fraîcheur, observat-il.

– Je le crois sans peine, dit Lord avec impatience. Je l'ai pêché moi-même avant le petit déjeuner. Allons, Poirot, me direz-vous enfin ce que vous mijotez ? Pourquoi me laisser dans le noir ?

– Parce que je n'y vois pas clair moi-même, répondit Poirot en secouant la tête. Je me heurte toujours au fait que – en dehors d'Elinor Carlisle – personne n'avait de raison de tuer Mary Gerrard.

– Vous ne pouvez pas vous montrer affirmatif dans ce domaine. N'oubliez pas qu'elle a vécu quelque temps à l'étranger.

– Oui, oui, je me suis renseigné.

– Vous êtes allé sur place, en Allemagne ?

– Pas moi, non... J'ai mes espions, ajouta Poirot avec un petit gloussement.

– Et vous pouvez vous fier à eux ?

– Certainement. Je ne vais pas courir à droite à gauche pour faire mal ce que d'autres, moyennant une somme minime, peuvent faire avec toute la compétence requise. Je vous assure, très cher, que j'ai plusieurs fers au feu. J'ai quelques collaborateurs très efficaces, dont un ancien cambrioleur.

— À quoi l'utilisez-vous ?

— Sa dernière tâche a été la fouille minutieuse de l'appartement de Mr Welman.

— Pour chercher quoi ?

— Il est toujours intéressant de savoir quel genre de mensonges on vous a servi.

— Welman vous a menti ?

— Et comment !

— Qui d'autre encore vous a menti ?

— Tout le monde, je crois : miss O'Brien, sur le mode romanesque ; miss Hopkins, dans le genre buté ; Mrs Bishop, dans un registre nettement venimeux, et vous-même...

— Miséricorde ! s'exclama Peter Lord, interrompant Poirot sans façon. Vous ne croyez tout de même pas que je vous ai menti ?

— Pas encore, admit Poirot.

— Vous êtes du genre méfiant, dites donc ! déclara Lord en se tassant sur sa chaise.

Il se reprit et déclara :

— Si vous en avez terminé, je vous propose de nous mettre en route pour Hunterbury. J'ai quelques visites à faire plus tard, et ensuite, le cabinet.

— Mon bon ami, je suis à votre disposition.

Ils se rendirent à pied jusqu'au parc où ils pénétrèrent par une allée secondaire. À mi-chemin, ils rencontrèrent un grand escogriffe qui poussait une brouette. Il salua respectueusement le médecin en touchant le bord de son chapeau.

— Bonjour, Horlick. Poirot, je vous présente Horlick, le jardinier. Il travaillait ici le matin du meurtre.

— Oui, m'sieur, j'étais là. J'ai vu miss Elinor ce matin-là. Et même que je lui ai parlé.

— Que vous a-t-elle dit ?

— Elle m'a dit que la propriété était vendue, ou tout

comme, et ça m'a drôlement secoué, m'sieur. Mais miss Elinor a dit qu'elle parlerait de moi au major Somervell et qu'il me garderait peut-être comme chef jardinier s'il ne me trouvait pas trop jeune, vu tout ce que j'ai appris ici avec Mr Stephens.

— Elle vous a paru... comme d'habitude ? demanda Lord.

— Ma foi oui, m'sieur, sauf qu'elle avait l'air un peu agitée, comme si quelque chose la préoccupait.

— Vous connaissiez Mary Gerrard ? demanda Poirot.

— Oh, oui, m'sieur. Mais pas très bien.

— Comment était-elle ?

— Comment elle était ? s'étonna Horlick. Vous voulez dire, à voir ?

— Pas exactement. Ma question, ce serait plutôt : quel genre de fille c'était ?

— Oh ! Eh bien, m'sieur, c'était une fille du genre au-dessus de la moyenne. Bien éduquée, et tout. Elle ne se prenait pas non plus pour de la crotte, si vous me suivez. Faut dire que la vieille Mrs Welman en faisait tout un plat, même que ça faisait enrager son père. Il en décolérait pas.

— Il n'avait apparemment pas très bon caractère, ce vieux Gerrard...

— Ah ça non, on ne peut pas dire ! Toujours à ronchonner, à tempêter. Jamais un mot aimable.

— Vous étiez donc dans les parages ce matin-là. Où vous trouviez-vous au juste ?

— Presque tout le temps au potager, m'sieur.

— De là où vous étiez, vous ne pouviez pas voir la maison ?

— Non, m'sieur.

— Si quelqu'un s'était approché de la maison, intervint Peter Lord, à la hauteur de la fenêtre de l'office, vous ne l'auriez pas vu ?

— Non, m'sieur, pas moyen.

— À quelle heure êtes-vous allé déjeuner ? continua Peter Lord.

– Sur le coup de 1 heure, m'sieur.

– Et vous n'avez rien remarqué – un rôdeur, une voiture à la grille, quelque chose dans ce goût-là ?

L'étonnement se peignit sur le visage du jeune homme :

– Devant le petit portail, m'sieur ? Y'avait votre voiture, c'est tout.

– *Ma* voiture ? Ce n'était pas ma voiture ! s'écria Peter Lord. Ce matin-là, j'étais sur la route de Withenbury. Je ne suis pas rentré avant 2 heures.

Horlick était l'image même de la perplexité.

– J'étais pourtant sûr que c'était votre voiture, m'sieur, dit-il d'un air de doute.

– Oh, et puis peu importe, déclara précipitamment Peter Lord. C'est bon, Horlick, bonne journée.

Poirot et lui s'éloignèrent. Horlick les suivit des yeux un instant. Puis il continua son chemin en poussant sa brouette.

– Enfin quelque chose, chuchota Peter Lord, très excité. À qui était cette voiture qui stationnait dans l'allée ce matin-là ?

– Quelle est la marque de votre voiture, mon bon ami ? demanda Poirot.

– C'est une Ford 10 gris-vert. La voiture de monsieur Tout-le-monde. On ne peut pas faire plus banal.

– Et vous êtes certain que ce n'était pas la vôtre ? Vous ne vous êtes pas trompé de jour ?

– Absolument certain. Je suis allé à Withenbury, je suis revenu tard, j'ai déjeuné à toute allure et c'est à ce moment-là qu'on m'a appelé pour Mary Gerrard et que je me suis précipité ici.

– En ce cas, mon bon ami, fit benoîtement Poirot, il semblerait que nous ayons enfin mis le doigt sur un élément tangible.

– *Quelqu'un était là ce matin-là...*, marmonna Peter Lord. Quelqu'un qui n'était pas Elinor Carlisle, et qui n'était pas non plus Mary Gerrard ou miss Hopkins.

– C'est très intéressant. Allez, venez, poursuivons nos

investigations. Tâchons de voir, par exemple, comment s'y prendrait un homme – ou une femme – qui voudrait approcher de la maison sans être vu.

À mi-chemin de l'allée, un sentier s'enfonçait entre des massifs d'arbustes. Ils s'y engagèrent et, à la sortie d'une courbe, Peter Lord agrippa soudain Poirot par le bras et lui désigna une fenêtre :

– C'est la fenêtre de l'office où Elinor Carlisle a préparé les sandwiches.

– Et d'ici, *n'importe qui pouvait voir ce qu'elle était en train de faire*, murmura Poirot. La fenêtre était ouverte si je me souviens bien ?

– Grande ouverte, il faisait très chaud.

– Donc, déclara Poirot d'un air songeur, si quelqu'un voulait surveiller ce qui se passait, il aurait pu se poster quelque part dans le coin.

Les deux hommes examinèrent les parages.

– Venez voir par là, dit Peter Lord. Derrière ces buissons, l'herbe a été piétinée. Elle s'est redressée, mais on distingue encore assez bien les dégâts.

Poirot le rejoignit.

– Oui, c'est un endroit propice, admit-il pensivement. On est caché de l'allée, et cette trouée dans le massif permet d'avoir une bonne vue sur la fenêtre. Alors, qu'a-t-il fait, notre ami qui a monté la garde ici ? Il a fumé, peut-être ?

Ils se courbèrent et examinèrent le sol en fouillant feuilles et branchages.

Tout à coup, Poirot poussa un grognement. Peter Lord laissa tomber ses recherches.

– Qu'y a-t-il ?

– Une boîte d'allumettes, mon bon ami. Une boîte d'allumettes vide, trempée, à moitié enfoncée dans la terre et en capilotade.

Il nettoya l'objet avec délicatesse et le déposa sur une feuille de calepin qu'il tira de sa poche.

— Ça ne vient pas d'ici, dit Lord. Bon sang ! *Des allumettes allemandes !*

— Et Mary Gerrard venait de rentrer d'Allemagne...

— Ah ! exulta Peter Lord, nous tenons enfin quelque chose ! Vous ne pouvez pas le nier.

— Peut-être..., murmura lentement Poirot.

— Sapristi, mon vieux, qu'est-ce que fabriqueraient ici des allumettes étrangères ?

— Bien sûr... bien sûr..., fit Poirot.

Son regard – un regard perplexe – erra de la trouée dans les buissons jusqu'à la fenêtre.

— Ce n'est pas aussi simple que vous le croyez. Il y a un gros problème. Vous ne voyez pas lequel ?

— Quoi ? Non. Dites-moi.

Poirot soupira :

— Si vous ne le voyez pas... Allez, venez, continuons.

Ils marchèrent jusqu'à la maison. Peter Lord, qui avait la clé, ouvrit la porte de service.

Il fit traverser à Poirot l'arrière-cuisine et la cuisine, puis le guida dans un couloir sur lequel ouvraient, d'un côté, un vestibule et, de l'autre, l'office où ils s'arrêtèrent.

Il y avait là le classique vaisselier à vitres coulissantes destiné aux verres et à la porcelaine. Un réchaud à gaz, deux bouilloires, des boîtes métalliques marquées Thé et Café posées sur une étagère. Il y avait également un évier, un égouttoir, et une bassine. Devant la fenêtre, une table.

— C'est sur cette table qu'Elinor Carlisle a fait les sandwiches, expliqua Peter Lord. On a trouvé le fragment d'étiquette de morphine dans cette rainure, par terre, sous l'évier.

— Ce sont de fins limiers, vos policiers, remarqua Poirot, pensif. Pas grand-chose ne leur échappe.

— Il n'y a aucune preuve qu'Elinor ait jamais touché ce tube ! explosa Peter Lord. Moi, je vous le dis, quelqu'un la surveillait depuis le massif. Quand elle est sortie pour aller à la loge, ce quelqu'un a saisi sa chance, il s'est glissé à l'intérieur, il a débouché le tube et il a écrasé quelques

165

comprimés de morphine dont il a saupoudré le sandwich du dessus.

» Il n'a pas remarqué qu'un morceau d'étiquette s'était déchiré et était tombé par terre. Il a filé à toute vitesse, a mis sa voiture en route et a disparu.

Poirot soupira encore, à fendre l'âme cette fois :

— Et vous ne voyez toujours pas ? C'est incroyable comme un homme intelligent peut être bouché parfois.

— Est-ce que ça signifie que vous ne croyez pas qu'un homme tapi dans les buissons surveillait la fenêtre ? demanda Peter Lord avec colère.

— Si, ça je le crois...

— Par conséquent, nous devons découvrir de qui il s'agissait !

— Nous n'aurons pas à chercher bien loin, m'est avis.

— Vous voulez dire que vous savez ?

— J'ai ma petite idée.

— Alors vos sous-fifres vous ont quand même rapporté quelque chose d'Allemagne...

Hercule Poirot se tapota le front :

— Tout est là, mon bon ami, dans ma tête... Venez, nous allons faire le tour de la maison.

*

Ils s'arrêtèrent enfin dans la pièce où Mary Gerrard était morte.

Une atmosphère étrange flottait dans la maison qui paraissait vibrer de souvenirs et de sombres présages.

Peter Lord ouvrit grand une des fenêtres.

— On se croirait dans une tombe..., murmura-t-il en frissonnant.

— Si les murs pouvaient parler..., renchérit Poirot. Le point de départ de toute l'histoire, c'est bien entendu ici qu'il se trouve, dans cette maison...

Il se tut un instant puis reprit à voix basse :

— Et c'est ici, dans cette pièce, que Mary Gerrard est morte.

— Elle était assise sur cette chaise, près de la fenêtre..., précisa Peter Lord.

— Une jeune fille – belle – romanesque ? se demanda Poirot à voix haute. Une intrigante ? Une bêcheuse qui se prenait des airs ? Une fille douce et tendre, toute simple... Un petit être qui s'ouvre à la vie – pareil à une fleur ?...

— Quoi qu'elle ait pu être, quelqu'un a voulu qu'elle meure.

— Je me demande..., murmura Poirot.

Lord le dévisagea :

— À quoi pensez-vous ?

— Non, pas encore, fit Poirot en secouant la tête.

Il se dirigea vers la porte :

— Nous avons visité la maison. Nous avons vu tout ce qu'il y avait à voir ici. Allons à la loge.

L'ordre régnait là aussi : la poussière s'était déposée, mais il n'y avait plus trace d'effets personnels dans les pièces bien rangées. Les deux hommes ne s'y attardèrent pas. Comme ils ressortaient au soleil, Poirot toucha le feuillage d'un rosier grimpant le long d'un treillis. Les fleurs étaient roses et parfumées.

— Connaissez-vous le nom de cette rose ? murmura-t-il. C'est la Zéphirine Drouhin, mon bon ami.

— Et alors ? fit Peter Lord, agacé.

— Lorsque j'ai rencontré Elinor Carlisle, elle m'a parlé de roses. C'est à ce moment-là que j'ai commencé à discerner la lumière... oh, juste une petite lueur comme celle qu'on aperçoit d'un train quand on arrive au bout d'un tunnel. Ce n'est pas la clarté du jour, mais c'en est la promesse.

— Que vous a-t-elle raconté ? demanda brutalement Peter Lord.

— Elle m'a parlé de son enfance et de ce jardin où elle jouait avec Roderick Welman. Ils étaient dans des camps ennemis : il préférait la rose blanche des York, froide et austère, et elle, m'a-t-elle dit, elle adorait les roses rouges, la rose des Lancastre. Les roses rouges qui ont le parfum, la couleur, la chaleur de la passion. Et, mon bon ami, c'est là toute la différence entre Elinor Carlisle et Roderick Welman.

– Mais qu'est-ce que ça explique ?

– Cela explique la personnalité d'Elinor Carlisle, fière et passionnée, et qui aimait désespérément un homme incapable de l'aimer...

– Je ne vous comprends pas...

– Mais moi je *la* comprends... Je les comprends tous les deux. Et maintenant, mon bon ami, retournons voir cette petite clairière.

Ils s'y rendirent en silence. Sous ses taches de rousseur, Peter Lord avait l'air troublé et passablement en colère.

Lorsqu'ils parvinrent sur les lieux, Poirot s'immobilisa sous l'œil attentif de Peter Lord.

Le petit détective poussa soudain un soupir de contrariété :

– C'est tellement simple, vraiment. Ne discernez-vous pas, mon bon ami, l'énorme faille de votre raisonnement ? Selon votre théorie, quelqu'un, sans doute un homme, a connu Mary Gerrard en Allemagne et est venu ici pour la tuer. Mais regardez, mon bon ami, regardez donc ! Utilisez vos vrais yeux puisque ceux de votre intelligence ne vous servent à rien. Que voyez-vous d'ici ? Une fenêtre, n'est-ce pas ? Et derrière cette fenêtre, une femme. Une femme occupée à préparer des sandwiches. C'est Elinor Carlisle. Mais réfléchissez une seconde : *comment diable cet homme embusqué aurait-il pu deviner qu'elle offrirait ces sandwiches à Mary Gerrard ?* Personne ne le savait – *sauf Elinor Carlisle ! Personne !* Pas même Mary Gerrard ou miss Hopkins.

» Par conséquent, si un homme surveillait la scène dans ces fourrés, si ensuite il est entré dans l'office en passant par la fenêtre, et s'il a empoisonné les sandwiches, qu'avait-il en tête, de quoi était-il persuadé ? Il était persuadé, il était forcément persuadé *que ces sandwiches étaient destinés à Elinor Carlisle elle-même...*

13

Poirot frappa à la porte de miss Hopkins. Elle vint ouvrir, la bouche pleine de biscuit aux raisins.

– Tiens, monsieur Poirot ! dit-elle sèchement. Que voulez-vous encore ?

– Puis-je entrer ?

Miss Hopkins s'écarta non sans mauvaise grâce, et Poirot fut autorisé à franchir le seuil. Miss Hopkins n'avait pas le cœur sur la main – c'était sa théière qui occupait cette place de choix. Ce qui revient à dire que notre malheureux Belge consterné eut à plonger le nez quelques instants plus tard dans une tasse emplie d'un breuvage noirâtre.

– Juste fait, bien chaud et bien fort ! commenta l'infirmière.

Poirot remua prudemment le liquide et avala une gorgée héroïque.

– Avez-vous une idée de la raison de ma présence ?

– Comment le saurais-je si vous ne me le dites pas ? Je ne suis pas voyante.

– Je viens vous demander de me dire la vérité.

Miss Hopkins monta sur ses grands chevaux.

– Qu'est-ce que ça signifie ? s'emporta-t-elle. Ça, j'aimerais bien le savoir ! Une fille honnête et qui ne raconte pas d'histoires, voilà ce que j'ai été toute ma vie. Je ne suis pas du genre à me cacher derrière les autres, moi ! Ce tube de morphine, je n'ai pas hésité à en parler à l'enquête. Il y en a beaucoup à ma place qui seraient restés bouche cousue dans leur coin. Parce que je savais bien que c'était une négligence d'avoir laissé traîner ma trousse et qu'on allait me le reprocher – même si, après tout, ça peut arriver à tout le monde ! Seulement, le blâme, il m'est quand même tombé dessus – et ça n'est pas ça qui va me faire du bien pour ce qui est de ma réputation professionnelle, vous pouvez me croire. Enfin ça, tant pis ! Ça avait un rapport avec l'affaire, alors je l'ai dit. Mais je vous saurais gré de garder vos insinuations pour vous, monsieur Poirot ! Tout ce que je savais sur la mort de Mary Gerrard, je l'ai dit au grand jour et sans rien cacher, et si vous, vous pensez que ce n'est pas vrai, eh bien je vous prierai de montrer vos preuves. Je n'ai rien dissimulé – rigoureusement rien ! Et ça, je suis prête à le répéter au tribunal et à le jurer sous serment.

Poirot ne tenta pas de l'interrompre. Il ne savait que trop bien comment s'y prendre avec une femme en colère. Il la laissa exploser et puis se calmer. Alors, seulement, il parla d'une voix douce :

– Je n'insinuais pas le moins du monde que vous aviez caché quelque chose à propos du meurtre.

– Alors, vous insinuiez quoi ? J'aimerais le savoir !

– Je vous demande de me dire la vérité, non pas sur la mort, mais sur la vie de Mary Gerrard.

– Oh ! fit miss Hopkins momentanément désarçonnée. C'est ça que vous cherchez ? Mais ça n'a rien à voir avec le crime.

– Je ne prétends pas le contraire, je dis que vous cachez un renseignement qui la concerne.

– Et pourquoi pas, si ça n'a rien à voir avec le crime ?

Poirot haussa les épaules :

– Et pourquoi ne pas le dire ?

– Par décence, tout simplement ! répondit miss Hopkins, devenue soudain pivoine. Ils sont tous morts maintenant, ces gens, et ça ne regarde personne !

– S'il s'agit de suppositions, je suis d'accord avec vous. Mais si vous possédez une véritable information, c'est différent.

– Je ne comprends pas ce que vous voulez dire...

– Je vais vous aider. J'ai eu droit à quelques allusions de miss O'Brien ainsi qu'à une longue conversation avec Mrs Slattery, qui n'a pas la mémoire qui flanche en ce qui concerne les événements qui se sont produits il y a plus de vingt ans. Voici ce que j'ai appris : il y a plus de vingt ans, deux personnes ont eu une liaison amoureuse. L'une était Mrs Welman, veuve depuis quelques années et femme d'un tempérament passionné. L'autre était sir Lewis Rycroft, qui avait le malheur d'avoir épousé une malade mentale. À cette époque, la loi ne permettait pas d'espérer le divorce dans un cas pareil. Or lady Rycroft, dont la santé était excellente, pouvait très bien vivre jusqu'à quatre-vingt-quinze ans. Cette liaison, elle a, je présume, été soupçonnée de tout un chacun. Mais tous deux ont su se montrer discrets et sauvegarder les apparences. Et puis, un beau jour, sir Lewis Rycroft a été tué à la guerre.

– Et alors ?

– Je suggère qu'un enfant est né après sa mort, et que cet enfant n'était autre que Mary Gerrard.

– Vous êtes au courant de tout, on dirait ! ronchonna miss Hopkins.

– Cela, c'est ce que je *crois*, insista Poirot. Mais il se peut que vous, vous en ayez la preuve.

Sourcils froncés, miss Hopkins resta un moment silencieuse. Puis elle se leva brusquement, traversa la pièce et ouvrit un tiroir dont elle sortit une enveloppe qu'elle remit à Poirot.

– Je vous raconterai comment elle est tombée entre mes mains, dit-elle. Remarquez, j'avais des soupçons. La façon dont Mrs Welman regardait la petite, d'abord, et puis des ragots que j'ai entendus par-ci par-là. Et par-dessus le marché, le vieux Gerrard m'a dit pendant sa maladie que Mary n'était pas sa fille.

» J'ai fini de mettre de l'ordre à la loge après la mort de Mary. Et, en vidant un tiroir, je suis tombée sur cette lettre.

Elle était parmi les affaires du vieux. Vous n'avez qu'à regarder.

Poirot lut les mots tracés d'une encre pâlie :

Pour Mary. À lui envoyer après ma mort.

– Ça n'a pas l'air de dater d'hier, dites-moi ! constata Poirot.

– Ce n'est pas Gerrard qui a écrit ça, expliqua miss Hopkins. C'est la mère de Mary. Elle est morte depuis plus de quatorze ans. Elle avait écrit cette lettre pour sa fille, mais le vieux l'a cachée dans ses affaires si bien qu'elle ne l'a jamais vue, Dieu merci ! Elle a pu garder la tête haute jusqu'au bout. Elle n'a pas eu à rougir.

Elle s'interrompit, puis reprit :

– Elle était cachetée, mais j'avoue que quand je l'ai trouvée, je l'ai ouverte et je l'ai lue. Je n'aurais pas dû, je sais, mais Mary était morte et j'imaginais plus ou moins ce qu'il y avait dedans. Et puis je ne voyais pas qui cela aurait pu intéresser. Je ne l'ai tout de même pas détruite, parce qu'il m'a semblé que ce serait mal. Mais lisez-la, vous verrez bien.

Poirot tira la feuille de papier couverte d'une petite écriture anguleuse :

Je mets la vérité par écrit au cas où elle serait utile un jour. J'étais la femme de chambre de Mrs Welman à Hunterbury et elle était très bonne pour moi. J'ai eu des ennuis, elle s'est occupée de moi et elle m'a reprise à son service quand tout était fini, mais le bébé est mort. Ma maîtresse et sir Lewis Rycroft s'aimaient mais ils ne pouvaient pas se marier parce qu'il avait déjà une femme et qu'elle était dans un asile de fous, la pauvre. C'était un monsieur très bien et il adorait Mrs Welman. Il a été tué et peu après elle m'a dit qu'elle attendait un enfant. Ensuite elle est allée en Écosse et elle m'a emmenée avec elle. L'enfant est né là-bas, à Ardlochrie. Bob Gerrard, qui m'avait bien laissée tomber quand j'ai eu mes ennuis, m'a écrit de nouveau. On a décidé que je me marierais avec lui, qu'on habiterait la loge et que je lui ferais croire que le bébé était à moi. Si nous vivions là, ça paraîtrait normal que Mrs Welman s'intéresse à l'enfant et veille à son éducation et à son établissement. Elle pensait qu'il valait mieux que Mary ne sache jamais la vérité. Mrs Welman nous a donné une jolie somme à tous les deux, mais j'aurais fait la même chose sans ça. J'ai été heureuse avec Bob, mais il n'a jamais accepté Mary. J'ai tenu ma langue, je n'ai jamais rien dit à personne, mais je crois que je dois mettre cette histoire noir sur blanc au cas où je mourrais.

Eliza Gerrard (née Eliza Riley).

Hercule Poirot poussa un profond soupir et replia la lettre.

— Qu'allez-vous en faire ? demanda miss Hopkins inquiète. Ils sont tous morts, maintenant ! Ce n'est pas bon de remuer le passé. Tout le monde respectait Mrs Welman dans le pays, on n'a jamais cancané sur son compte. Cette vieille histoire... ce serait cruel. Pareil pour Mary. C'était une gentille fille, est-il nécessaire que tout le monde sache que c'était une bâtarde ? Laissons les morts reposer en paix, voilà ce que je dis.

— Il faut aussi penser aux vivants, remarqua Poirot.

— Mais ça n'a rien à voir avec le meurtre.

— Ça a peut-être beaucoup à voir, au contraire, rétorqua Poirot l'air grave.

Il quitta le cottage de miss Hopkins. Celle-ci le regarda s'éloigner, bouche bée.

Il avait déjà parcouru un bout de chemin lorsqu'il perçut un bruit de pas hésitants derrière lui. Il s'arrêta et se retourna.

C'était Horlick, le jeune jardinier de Hunterbury. Illustration parfaite de l'embarras, il tournait et retournait son chapeau dans ses mains.

— Excusez-moi, m'sieur. Est-ce que je pourrais vous dire un mot ? demanda-t-il d'une voix étranglée.

— Mais bien sûr. De quoi s'agit-il ?

Horlick tritura son chapeau de plus belle.

— C'est au sujet de cette voiture, répondit-il l'air misérable, en détournant les yeux.

— La voiture qui était garée devant le petit portail ce matin-là ?

— Oui, m'sieur. Le Dr Lord a dit que ce n'était pas la sienne mais je suis sûr que si, m'sieur.

— Vous en êtes certain ?

— Oui, m'sieur, à cause du numéro. MSS 2022, je l'ai bien remarqué... MSS 2022. Tout le monde la connaît dans le village, on l'appelle « Miss deux-deux » ! Je sais ce que je dis.

— Mais le Dr Lord prétend qu'il a passé la matinée à Withenbury, répliqua Poirot avec un petit sourire.

— Oui, m'sieur, dit Horlick, l'air malheureux, je l'ai entendu. Mais c'était sa voiture, m'sieur... Je suis prêt à le jurer.

— Merci, Horlick, dit gentiment Poirot. C'est ce que vous aurez sans doute à faire...

TROISIÈME PARTIE

1

Faisait-il très chaud dans la salle du tribunal ? Ou bien un froid glacial ? Elinor Carlisle n'en savait trop rien. Parfois elle se sentait brûlante, comme fiévreuse, l'instant suivant elle frissonnait.

Elle n'avait pas entendu la fin du réquisitoire. Elle avait voyagé dans le passé, refait pas à pas tout le chemin depuis le jour où elle avait reçu cette lettre ignoble jusqu'au moment où cet officier de police au visage lisse lui avait déclaré avec une absolue sûreté de soi :

« Vous êtes Elinor Katharine Carlisle ? J'ai un mandat d'arrêt à votre nom pour le meurtre, par administration de poison, commis sur la personne de Mary Gerrard le 27 juillet dernier. Je dois vous prévenir que tout ce que vous direz sera consigné par écrit et pourra être utilisé contre vous. »

Horrible, terrifiante sûreté de soi... Elle s'était sentie happée dans les rouages d'une machine bien réglée, bien huilée, froide, inhumaine.

Et maintenant elle se tenait debout, en pleine lumière, dans le box des accusés, offerte aux centaines de regards bien humains, eux – avides, exultants et qui se repaissaient d'elle...

Seuls les jurés ne la regardaient pas. Embarrassés, ils s'appliquaient à détourner les yeux...

« C'est parce qu'ils savent déjà ce qu'ils vont dire... »,
pensa Elinor.

*

Le Dr Lord témoignait. Était-ce le même Peter Lord, le
jeune médecin sympathique, plein de gaieté, qui avait été si
gentil, si amical à Hunterbury ? Il était maintenant raide et
guindé. Strictement professionnel. Ses réponses tombaient,
monotones : il avait été appelé par un coup de téléphone à
Hunterbury Hall. Trop tard pour faire quoi que ce soit. Mary
Gerrard était morte quelques minutes après son arrivée. Mort
consécutive, à son avis, à une intoxication par la morphine,
du type « foudroyant », ce qui était une forme rare.

Sir Edwin Bulmer se leva pour passer au contre-interrogatoire :

— Étiez-vous le médecin traitant de feu Mrs Welman ?

— Oui.

— Lors de vos visites à Hunterbury en juin dernier,
avez-vous eu l'occasion de voir ensemble l'accusée et Mary
Gerrard ?

— Plusieurs fois.

— Comment qualifieriez-vous l'attitude de l'accusée
envers Mary Gerrard ?

— Aimable et naturelle.

Sir Edwin Bulmer eut un petit sourire de dédain pour
demander :

— Vous n'avez remarqué aucun signe de cette « haine
jalouse » dont on nous a tant parlé ?

— Non, dit fermement Peter Lord, les dents serrées.

« *Mais si, il a vu..., pensa Elinor. Il vient de mentir pour
moi... Il savait...* »

Le médecin légiste succéda à Peter Lord. Son témoignage
fut plus long et plus détaillé. Le décès était dû à une intoxication « foudroyante » par la morphine. Serait-il assez
aimable pour expliquer ce terme ? Il s'exécuta avec un évi-

dent plaisir. L'intoxication par la morphine pouvait entraîner la mort de diverses façons. La plus commune commençait par une période d'excitation intense suivie de somnolence, puis d'inconscience, pupilles contractées. Une autre, plus rare, avait été nommée « foudroyante » par les Français ; dans ce cas, le coma intervenait très rapidement, dix minutes environ, et les pupilles étaient dilatées...

*

L'audience fut levée et reprit un peu plus tard. Les rapports d'expertises médicales durèrent plusieurs heures.

Le Dr Alan Garcia, chimiste distingué, exposa avec enthousiasme et en termes savants ce que contenait l'estomac de la victime : pain, beurre, beurre de poisson, thé, traces de morphine... lesquelles furent l'occasion d'autres termes savants et de précisions à quelques décimales. Quantité absorbée par la défunte estimée à 24 mg. Or 6 mg pouvaient suffire à entraîner la mort.

Sir Edwin se leva, la mine narquoise :

— Soyons précis, je vous prie. Vous n'avez trouvé dans l'estomac que du pain, du beurre, du beurre de poisson, du thé et de la morphine. Pas d'autres aliments ?

— Non, aucun.

— Par conséquent, la victime n'avait rien absorbé d'autre que des sandwiches et du thé depuis un temps relativement long ?

— C'est exact.

— A-t-on les moyens de déterminer quel a été le vecteur de la morphine ?

— Je saisis mal.

— Je simplifierai ma question. La morphine aurait pu être absorbée avec le beurre de poisson, ou avec le pain, ou le beurre sur le pain, ou bien dans le thé ou dans le lait qui a été ajouté au thé ?

— Certainement.

– Rien ne prouve que la morphine se soit trouvée dans le beurre de poisson en particulier ?

– Non.

– Et, en fait, la morphine aurait aussi bien pu être absorbée à part... sans aucun vecteur ? Simplement sous forme de comprimé ?

– Oui, bien entendu.

Sir Edwin s'assit.

Sir Samuel posa une dernière question :

– Néanmoins, quelle que soit la façon dont la victime a absorbé la morphine, vous estimez qu'elle a bu et mangé en même temps ?

– Oui.

– Je vous remercie.

*

L'inspecteur Brill prêta serment machinalement. Impassible comme un soldat au rapport, il débita son témoignage avec l'aisance que confère l'habitude.

– Appelé au manoir... L'accusée a déclaré : « Le beurre de poisson devait être avarié. »... effectué une perquisition... Un pot de beurre de poisson était nettoyé et posé sur l'égouttoir de l'office, un autre à moitié plein... continué la fouille de la cuisine...

– Qu'avez-vous trouvé ?

– Dans une rainure du plancher, derrière la table, j'ai trouvé un petit morceau de papier.

La pièce à conviction fut passée aux jurés.

– Qu'en avez-vous conclu ?

– Que c'était un fragment déchiré d'une étiquette pareille à celles qu'on utilise pour les tubes de morphine.

L'avocat de la défense se leva nonchalamment.

– Vous avez découvert ce bout de papier dans une rainure du plancher ? demanda-t-il.

– Oui.

– C'est un morceau d'étiquette, dites-vous ?

– Oui.

– Avez-vous retrouvé le reste de cette étiquette ?

– Non.

– Vous n'avez retrouvé ni tube en verre ni flacon d'où aurait pu se décoller cette étiquette ?

– Non.

– Comment se présentait ce bout de papier lorsque vous l'avez découvert ? Était-il propre ou sale ?

– Tout ce qu'il y a de propre.

– Précisez.

– La poussière du plancher s'était déposée dessus, sinon il était propre.

– Il ne pouvait pas se trouver là depuis longtemps ?

– Non, il était tombé récemment.

– Diriez-vous que cela datait du jour même où vous l'avez découvert ?

– Oui.

Sir Edwin fit entendre un grognement et se rassit.

*

Dans le box des témoins miss Hopkins, visage rouge et air éminemment vertueux.

Tout de même, miss Hopkins n'était pas aussi terrifiante que l'inspecteur Brill, pensait Elinor. C'était l'inhumanité de l'inspecteur qui était glaçante. Cette façon d'être si évidemment le rouage d'une énorme machine. Miss Hopkins, elle, éprouvait des passions humaines, avait des préjugés.

– Vous vous appelez Jessie Hopkins ?

– Oui.

– Vous êtes infirmière-visiteuse diplômée et vous demeurez à Rose Cottage, Maidensford ?

– Oui.

– Où étiez-vous le 28 juin dernier ?

– Je me trouvais à Hunterbury Hall.

– Vous avait-on appelée ?

– Oui. Mrs Welman avait eu une nouvelle attaque. Je venais aider miss O'Brien en attendant qu'on trouve une seconde infirmière.

– Aviez-vous une mallette avec vous ?

– Oui.

– Dites au jury ce qu'elle contenait.

– Des bandages, des pansements, une seringue hypodermique, divers médicaments dont un tube de chlorhydrate de morphine.

– Pourquoi se trouvait-il dans votre trousse ?

– Parce que je devais faire des injections de morphine à une de mes malades dans le village. Une le matin et une le soir.

– Que contenait le tube ?

– Vingt comprimés de chlorhydrate de morphine de 3 mg chacun.

– Qu'avez-vous fait de votre mallette ?

– Je l'ai laissée en bas dans le hall.

– C'était le 28 juin au soir. Quand avez-vous vérifié le contenu de votre mallette ?

– Vers 9 heures, le lendemain matin, au moment de quitter la maison.

– Manquait-il quelque chose ?

– Oui, le tube de morphine manquait.

– Avez-vous parlé à quelqu'un de cette disparition ?

– Je l'ai dit à miss O'Brien, l'infirmière en charge de Mrs Welman.

– Cette mallette est donc restée dans le hall où tout le monde passait ?

— Oui.

Sir Samuel fit une pause avant de demander :

— Vous connaissiez intimement la morte, Mary Gerrard ?

— Oui.

— Que pensiez-vous d'elle ?

— C'était une jeune fille charmante, une fille bien.

— Avait-elle un caractère heureux ?

— Très heureux.

— À votre connaissance, avait-elle des ennuis ?

— Non.

— Au moment de sa mort, avait-elle des motifs d'inquiétude sur son avenir ?

— Aucun.

— Elle n'aurait eu aucune raison de se suicider ?

— Absolument aucune.

Et l'accablant récit fut repris depuis le début. Comment miss Hopkins avait accompagné Mary à la loge, l'apparition d'Elinor, sa nervosité, l'invitation à partager les sandwiches, l'assiette tendue à Mary d'abord. Comment elle avait suggéré de faire la vaisselle, et comment elle avait demandé ensuite à miss Hopkins de monter avec elle pour trier des vêtements.

Sir Edwin Bulmer ne cessait d'interrompre et de soulever des objections.

« Oui, tout est vrai... pensait Elinor, et elle le croit. Elle croit que je l'ai tuée. Et chacun de ses mots dit la vérité... C'est cela qui est horrible. Tout est vrai. »

Encore une fois, parcourant des yeux l'auditoire, elle remarqua le regard pensif de Poirot posé sur elle. Un regard tout plein de bonté. Un regard qui en savait si long...

On passa au témoin le carton sur lequel était fixé le fragment d'étiquette.

— Savez-vous ce que c'est ?

— C'est un lambeau d'étiquette.

— Pouvez-vous dire au jury de quelle étiquette ?

– Oui, c'est un lambeau d'étiquette d'un tube de comprimés de morphine à 3 mg, comme celui que j'ai égaré.

– Vous en êtes sûre ?

– Évidemment, j'en suis sûre. Cela vient de mon tube.

– Y a-t-il un détail particulier qui vous permette de l'identifier formellement comme étant l'étiquette du tube que vous avez perdu ? demanda le juge.

– Non, Votre Honneur, mais ça doit être la même.

– En somme, tout ce que vous pouvez affirmer, c'est qu'elle est exactement semblable ?

– Eh bien oui, c'est ce que je veux dire.

L'audience fut levée.

2

Un autre jour.

Debout, sir Edwin Bulmer interrogeait le témoin. Il n'avait plus rien d'aimable.

– Cette mallette dont on ne cesse de nous rebattre les oreilles, dit-il sèchement. Elle est restée toute la nuit du 28 juin dans le hall de Hunterbury ?

– Oui, confirma miss Hopkins.

– Assez négligent de votre part, non ?

Miss Hopkins s'empourpra :

– Oui, sans doute.

– Est-ce dans vos habitudes de laisser traîner n'importe où des médicaments dangereux ?

– Non, bien sûr que non !

– Ah bon. Mais c'est ce que vous avez fait ce jour-là ?

– Oui.

– Et n'importe qui dans la maison aurait pu prendre cette morphine pour peu qu'il en ait eu envie ?

– Je suppose que oui.

– Je ne vous demande pas de supposer. Répondez par oui ou par non.

– Eh bien, oui.

– Ce n'est pas seulement miss Carlisle qui aurait pu s'en emparer, n'est-ce pas ? N'importe quel domestique aurait pu le faire. Ou le Dr Lord. Ou Mr Roderick Welman. Ou miss O'Brien. Ou Mary Gerrard elle-même.

– J'imagine que oui.

– Répondez par oui ou par non.

– Oui.

– Quelqu'un savait-il que vous aviez de la morphine dans cette mallette ?

– Je l'ignore.

– L'aviez-vous dit à quelqu'un ?

– Non.

– Par conséquent, miss Carlisle ne pouvait pas connaître la présence de cette morphine.

– Elle a pu regarder.

– C'est fort peu plausible, vous ne croyez pas ?

– Ça, j'avoue que je n'en sais rien.

– Certaines personnes étaient mieux placées que miss Carlisle pour connaître l'existence de cette morphine. Le Dr Lord, par exemple. C'est lui qui prescrivait les traitements de vos patients, n'est-ce pas ?

– Naturellement.

– Et Mary Gerrard, elle était au courant ?

– Non, pas du tout.

– Elle venait souvent chez vous, non ?

– Pas très souvent.

– M'est avis qu'elle vous faisait au contraire de fréquentes visites, et que, de tous ceux qui se trouvaient dans la maison, elle était la mieux placée pour deviner qu'il y avait de la morphine dans votre trousse.

– Je ne suis pas du même avis que vous.

Sir Edwin fit une pause. Puis :

— C'est dans la matinée que vous avez annoncé à miss O'Brien que la morphine avait disparu ?

— Oui.

— N'avez-vous pas dit, en réalité : « J'ai oublié la morphine chez moi, il faut que je retourne la chercher. »

— Non, je n'ai pas dit ça.

— N'avez-vous pas suggéré que la morphine était restée chez vous, sur la cheminée ?

— Ma foi, comme je ne retrouvais pas le tube, j'ai pensé que c'est ce qui s'était passé.

— En réalité, vous ne saviez pas du tout ce que vous en aviez fait !

— Si je le savais. Je l'avais mis dans ma mallette.

— Alors, pourquoi avez-vous prétendu le matin du 29 juin que vous l'aviez oublié chez vous ?

— Parce que ça m'a semblé possible.

— J'observe que vous êtes une personne très négligente.

— Ce n'est pas vrai.

— Mais vos déclarations sont parfois extrêmement imprécises, non ?

— Non, je fais très attention à ce que je dis.

— Le 27 juillet, jour de la mort de Mary Gerrard, avez-vous dit quelque chose à propos d'une égratignure que vous vous étiez faite à un rosier ?

— Je ne vois pas le rapport !

— Votre question est-elle pertinente, sir Edwin ? intervint le juge.

— Absolument, Votre Honneur, c'est un élément essentiel de la défense, et j'ai l'intention d'appeler des témoins à la barre pour prouver que l'infirmière Hopkins a menti sur ce point.

» Maintenez-vous que vous vous êtes égratigné le poignet à un rosier le matin du 27 juillet ? reprit-il.

— Oui ! fit miss Hopkins d'un air de défi.

— Quand vous êtes-vous fait ça ?

– En quittant la loge pour me rendre au manoir, le matin du 27 juillet.

– Et quelle sorte de rosier était-ce ? demanda sir Edwin d'un ton sceptique.

– Un rosier grimpant à fleurs roses, juste devant le pavillon.

– Vous en êtes sûre ?

– Tout à fait.

Sir Edwin prit son temps avant de demander :

– Persistez-vous à dire que la morphine se trouvait dans votre mallette lorsque vous vous êtes rendue à Hunterbury le 27 juin ?

– Oui, elle y était.

– Supposons que l'infirmière O'Brien vienne tout à l'heure jurer dans le box des témoins que vous l'aviez sans doute oubliée chez vous ?

– Elle était dans ma mallette, j'en suis certaine.

Sir Edwin poussa un soupir :

– La disparition de la morphine ne vous a pas inquiétée du tout ?

– Non. Pas inquiétée... non.

– Ainsi donc, vous vous sentiez parfaitement tranquille – en dépit du fait qu'une quantité importante d'un médicament dangereux avait disparu ?

– À ce moment-là, je ne pensais pas qu'on l'avait volé.

– Je vois. Simplement, vous ne vous rappeliez pas ce que vous en aviez fait.

– Mais si, je l'avais mis dans ma mallette.

– Vingt comprimés à 3 milligrammes, autrement dit 60 milligrammes de morphine. On peut tuer pas mal de monde avec ça, non ?

– Oui.

– Mais vous n'étiez pas inquiète... et vous n'avez même pas signalé officiellement la perte ?

– Je ne pensais pas que c'était grave.

– Je suggère que si la morphine avait disparu comme

185

vous le dites, vous vous seriez sentie obligée de faire une déclaration de perte.

Miss Hopkins devint très rouge :

– Eh bien, je ne l'ai pas fait.

– N'était-ce pas une négligence criminelle de votre part ? Vous ne paraissez pas prendre vos responsabilités très au sérieux. Égarez-vous souvent des produits dangereux ?

– Ça ne m'était jamais arrivé.

L'interrogatoire se poursuivit quelques minutes encore. Miss Hopkins, nerveuse, cramoisie, ne cessait de se contredire – proie facile pour le subtil sir Edwin.

– Est-il vrai que le 6 juillet, la victime, Mary Gerrard, a rédigé son testament ?

– Oui.

– Pourquoi ?

– Parce qu'elle pensait qu'elle devait le faire. Elle avait raison.

– Êtes-vous sûre que ce n'est pas parce qu'elle était déprimée et inquiète pour l'avenir ?

– C'est absurde !

– On dirait pourtant qu'elle avait la mort à l'esprit, que cette idée l'occupait.

– Pas du tout. Elle pensait seulement que c'était ce qu'il convenait de faire.

– Ce testament, est-ce celui-ci ? Signé par Mary Gerrard, témoins Emily Biggs et Roger Wade, employés dans une confiserie, et par lequel elle lègue tous les biens qu'elle posséderait à sa mort à Mary Riley, sœur d'Eliza Riley ?

– Oui, c'est ça.

On transmit le document aux jurés.

– À votre connaissance, Mary Gerrard avait-elle du bien à léguer ?

– Non, elle ne possédait rien.

– Mais elle devait incessamment en avoir, non ?

– Oui, peut-être bien.

– N'est-il pas de notoriété publique qu'une importante

somme d'argent – deux mille livres – lui était octroyée par miss Carlisle ?

– Si.

– Miss Carlisle y était-elle obligée ? N'était-ce pas plutôt pure générosité de sa part ?

– Elle l'a fait de son propre chef, si.

– Mais si elle haïssait Mary Gerrard autant qu'on veut bien le prétendre, elle ne lui aurait sûrement pas donné une telle somme de son plein gré.

– Ça se peut.

– Que signifie votre réponse ?

– Rien de précis.

– Exactement. Maintenant, dites-nous si vous avez entendu des bavardages à propos de Mary Gerrard et de Mr Roderick Welman ?

– Il avait le béguin pour elle.

– En avez-vous des preuves ?

– Je le savais, c'est tout.

– Oh ! Vous « le saviez, c'est tout ». Je crains que cela ne suffise pas à convaincre le jury. N'avez-vous pas déclaré un jour que Mary ne voulait rien avoir à faire avec lui parce qu'il était fiancé à miss Elinor, et qu'elle lui avait répété la même chose à Londres ?

– C'est ce qu'elle m'avait confié.

Sir Samuel Attenbury se leva à son tour :

– Pendant que Mary Gerrard discutait avec vous de la formulation de son testament, l'accusée a-t-elle regardé par la fenêtre ?

– Oui.

– Qu'a-t-elle dit ?

– Elle a dit : « Alors, vous êtes en train de faire votre testament, Mary ? Ça, c'est vraiment drôle. Ça, c'est vraiment très drôle ! » Et elle s'est mise à rire, elle ne pouvait plus s'arrêter. Et à mon avis, insinua perfidement le témoin, c'est à ce moment-là que l'idée lui est venue. L'idée de se débarrasser d'elle ! À ce moment-là, elle avait le meurtre dans le cœur.

— Contentez-vous de répondre aux questions posées, dit le juge d'un ton sec. La dernière partie de la réponse ne doit pas figurer au compte rendu.

« Comme c'est étrange..., pensa Elinor. À chaque fois que quelqu'un dit la vérité, on refuse de l'entendre... »

Elle faillit éclater d'un rire hystérique.

*

L'infirmière O'Brien déposait.

— Le matin du 29 juin, l'infirmière Hopkins vous a-t-elle fait une déclaration ?

— Oui. Elle m'a dit qu'un tube de chlorhydrate de morphine manquait dans sa mallette.

— Qu'avez-vous fait ?

— Je l'ai aidée à le chercher.

— Mais vous ne l'avez pas retrouvé ?

— Non.

— À votre connaissance, la mallette était-elle restée toute la nuit dans le hall ?

— Oui.

— Mr Welman et l'accusée étaient-ils tous deux présents au manoir lorsque Mrs Welman est morte dans la nuit du 28 au 29 juin ?

— Oui.

— Racontez-nous l'incident qui s'est produit le 29 juin, le lendemain du décès de Mrs Welman.

— J'ai vu Mr Roderick Welman en compagnie de Mary Gerrard. Il lui disait qu'il l'aimait et il a essayé de l'embrasser.

— À ce moment-là, il était fiancé à l'accusée ?

— Oui.

— Que s'est-il passé ensuite ?

– Mary lui a dit qu'il devrait avoir honte, qu'il était fiancé à miss Elinor !

– À votre avis, quels étaient les sentiments de l'accusée envers Mary Gerrard ?

– Elle la détestait. Elle la regardait comme si elle avait voulu la tuer.

Sir Edwin bondit sur ses pieds.

« Pourquoi ergotent-ils là-dessus ? se demanda Elinor. Quelle *importance* ? »

Sir Edwin commença le contre-interrogatoire :

– L'infirmière Hopkins ne vous a-t-elle pas déclaré qu'elle pensait avoir oublié la morphine chez elle ?

– Eh bien, voyez-vous, ça s'est passé comme ça : après...

– Contentez-vous de répondre à la question. A-t-elle dit oui ou non qu'elle avait sans doute oublié la morphine chez elle ?

– Oui.

– Elle n'était pas vraiment inquiète à ce moment-là ?

– Non, pas à ce moment-là.

– Parce qu'elle pensait l'avoir laissée chez elle. Donc, elle n'avait pas lieu de s'inquiéter, naturellement.

– Elle n'imaginait pas qu'on pouvait l'avoir volée.

– Exactement. Ce n'est qu'après le décès de Mary Gerrard que son imagination s'est mise à fonctionner.

Le juge intervint :

– Sir Edwin, il me semble que vous avez déjà examiné ceci en détail avec le témoin précédent.

– Très bien, Votre Honneur. Concernant l'attitude de l'accusée envers Mary Gerrard, avez-vous jamais surpris de dispute entre ces deux personnes ?

– Non, jamais.

– Miss Carlisle s'est toujours montrée aimable envers la jeune fille ?

– Oui. C'est juste la façon dont elle la regardait.

– Oui, oui, oui. Mais on ne peut pas fonder une opinion là-dessus. Vous êtes irlandaise, je crois ?

— Oui.

— Et les Irlandais ont beaucoup d'imagination, n'est-ce pas ?

— Tout ce que je vous ai dit est vrai ! s'indigna miss O'Brien.

*

Dans le box des témoins, Mr Abbott, l'épicier. Troublé, peu sûr de lui — légèrement grisé, toutefois, par le sentiment de son importance. Son témoignage fut bref. L'achat des deux pots de beurre de poisson. « Il n'y a pas de danger avec le beurre de poisson ? avait dit l'accusée. Vous savez, ces histoires d'intoxication. » Son air bizarre et agité.

Pas de contre-interrogatoire.

3

Plaidoyer liminaire de la défense :

— Messieurs les jurés, je pourrais, si je le voulais, plaider devant vous le non-lieu. La charge de la preuve incombe à l'accusation, et mon opinion — la vôtre aussi, je n'en doute pas — est que nous attendons toujours un commencement de preuve. On nous demande de croire qu'Elinor Carlisle, s'étant procuré de la morphine — morphine que n'importe qui dans la maison aurait aussi bien pu dérober et sur la présence de laquelle, en outre, le plus grand doute subsiste —, qu'Elinor Carlisle, donc, s'est employée à empoisonner Mary Gerrard. Sur ce point, l'accusation se fonde sur la seule opportunité. Elle a cherché à établir un mobile, mais c'est précisément ce qu'elle n'a pas été capable de faire. Car, messieurs les jurés, il n'y a pas de mobile ! On nous a parlé de fiançailles rompues. Des fiançailles rompues, vraiment !

190

Si rompre est un mobile de meurtre, alors chaque jour devrait nous apporter sa moisson de cadavres... Or ces fiançailles-là, notez-le bien, n'étaient pas le fruit d'une passion dévorante, mais une décision prise essentiellement pour des raisons familiales. Miss Carlisle et Mr Welman avaient grandi ensemble, leur attachement réciproque s'était mué peu à peu en un sentiment plus fort ; mais j'ai l'intention de prouver que c'était au mieux un amour bien tempéré.

(Oh Roddy... Roddy, un amour bien tempéré ?)

— Qui plus est, la rupture a été le fait non de Mr Welman, mais bien de l'inculpée. Je prétends qu'Elinor Carlisle et Mr Welman s'étaient fiancés surtout pour complaire à la vieille Mrs Welman. Lorsque celle-ci est morte, les deux parties ont pris conscience que leurs sentiments n'étaient pas assez forts pour justifier l'engagement de toute leur vie. Toutefois, ils sont restés amis. En outre, Elinor Carlisle qui avait hérité la fortune de sa tante, avait décidé, avec la générosité qui la caractérise, d'octroyer à Mary Gerrard une somme considérable. Et c'est cette femme qu'on accuse d'être une empoisonneuse ? Mais c'est une farce !

» Le seul élément qui milite contre Elinor Carlisle, ce sont les circonstances mêmes de l'empoisonnement.

» De fait, l'accusation nous a dit :

» Personne d'autre qu'Elinor Carlisle n'était en mesure de tuer Mary Gerrard. Après quoi, il lui fallait bien essayer de trouver un mobile plausible. Mais, comme je l'ai souligné, de mobile, elle n'en a pas trouvé, parce qu'il n'y en a pas.

» Maintenant, est-il vrai que personne d'autre qu'Elinor Carlisle ne pouvait tuer Mary Gerrard ? Eh bien non. Il y a la possibilité que Mary Gerrard se soit suicidée. Il y a la possibilité que quelqu'un ait mis le poison dans les sand-wiches pendant qu'Elinor Carlisle se trouvait à la loge. Et il y a une troisième possibilité. Il y a un aspect fondamental du système de la preuve, et c'est celui-ci : si l'on peut prouver qu'une autre explication est possible, et compatible avec les faits, l'accusée doit être acquittée. Or, je me fais fort de vous démontrer qu'une autre personne a non seulement eu la même possibilité d'empoisonner Mary Gerrard, mais avec, pour cela, un mobile bien plus puissant. Vous entendrez des témoignages qui établiront qu'une autre personne a eu accès à la morphine, et qu'elle avait un fort bon mobile pour tuer Mary Gerrard, et je montrerai que cette personne a eu aussi une excellente occasion de le faire. Je soutiens qu'aucun jury au monde ne reconnaîtrait la femme qui est devant vous coupable de meurtre sans autre élément de preuve que celui de l'opportunité, alors que la même opportunité mais aussi un mobile accablant peuvent être retenus contre une autre personne. J'appellerai également un témoin pour prouver qu'il y a eu parjure délibéré de la part d'un des témoins à charge. Mais d'abord, j'appellerai l'inculpée afin qu'elle vous expose sa propre version des faits et que vous puissiez apprécier par vous-mêmes l'inanité des faits qui lui sont reprochés.

*

Elle avait prêté serment. Elle répondait aux questions de sir Edwin d'une voix sourde. Penché en avant, le juge lui demanda de parler plus fort...

Gentiment, d'un ton encourageant, sir Edwin lui posait toutes les questions dont ils avaient ensemble préparé les réponses :

— Aimiez-vous Roderick Welman ?

— Oui, beaucoup. Comme un frère... ou un cousin. J'ai toujours pensé à lui comme à un cousin.

Les fiançailles... une pente naturelle... très agréable d'épouser quelqu'un qu'on a connu toute sa vie...

— Ce n'était pas exactement un amour passionné ?

(Une passion ? Oh, Roddy...)

— Eh bien, non... nous nous connaissions trop bien...

— Après la mort de Mrs Welman, y a-t-il eu des tensions entre vous ?

— Oui, en effet.

— Comment l'expliquiez-vous ?

— C'était en partie une question d'argent, je pense.

— D'argent ?

— Oui. Roderick se sentait mal à l'aise. Il pensait qu'on croirait peut-être qu'il m'épousait pour ça.

— Vous n'avez donc pas rompu vos fiançailles à cause de Mary Gerrard ?

— Je me doutais que Roddy était assez épris d'elle mais je ne pensais pas que c'était sérieux.

— Si ça l'avait été, vous en auriez été bouleversée ?

— Oh, non. J'aurais trouvé cela un peu incongru, c'est tout.

— Miss Carlisle, le 28 juin, avez-vous oui ou non pris un tube de morphine dans la mallette de l'infirmière Hopkins ?

— Non.

— Avez-vous eu de la morphine en votre possession à un moment quelconque ?

— Jamais.

— Saviez-vous que votre tante n'avait pas fait de testament ?

— Non, cela m'a beaucoup étonnée.

— Dans la nuit du 28 juin, pensez-vous qu'elle a essayé de vous transmettre un message avant de mourir ?

— J'ai compris qu'elle n'avait pas pris de dispositions au sujet de Mary et qu'elle était désireuse de le faire.

— Et dans le but d'exaucer son vœu, vous étiez prête à faire une donation à la jeune fille ?

— Oui. C'était sa volonté, je devais la respecter. Et j'étais reconnaissante à Mary de toute la gentillesse qu'elle lui avait témoignée.

— Le 26 juillet, vous êtes venue de Londres à Maidensford. Vous êtes descendue au *King's Arms* ?

— Oui.

— Que veniez-vous faire ?

— J'avais reçu une offre pour la propriété, et l'acquéreur

désirait entrer dans les lieux le plus vite possible. Je devais m'occuper des effets personnels de ma tante et régler un certain nombre de problèmes.

— Le 27 juillet, avez-vous acheté des provisions avant de vous rendre au manoir ?

— Oui. J'ai pensé que ce serait plus simple d'y pique-niquer que d'avoir à retourner au village.

— Ensuite, vous êtes allée au manoir pour trier les effets de votre tante ?

— Oui.

— Et ensuite ?

— Je suis descendue à l'office et j'ai préparé des sandwiches, puis je suis allée à la loge et j'ai invité miss Hopkins et Mary Gerrard à se joindre à moi.

— Pourquoi avez-vous fait cela ?

— Je voulais leur éviter un aller et retour pénible au soleil.

— En somme, un geste élémentaire de gentillesse. Ont-elles accepté votre invitation ?

— Oui. Elles sont revenues avec moi.

— Où se trouvaient les sandwiches que vous aviez pré-parés ?

— Dans l'office, sur une assiette.

— La fenêtre était-elle ouverte ?

— Oui.

— Quelqu'un aurait-il pu pénétrer dans l'office en votre absence ?

— Certainement.

— Si quelqu'un vous avait observée de l'extérieur pendant que vous faisiez les sandwiches, qu'aurait-il pensé ?

— Sans doute que je m'apprêtais à déjeuner sur le pouce.

— Aurait-il pu deviner que vous alliez partager ces sand-wiches avec d'autres personnes ?

— Non. L'idée de les inviter m'est venue seulement quand j'ai vu la quantité qu'il y avait.

— Par conséquent, si quelqu'un avait pénétré dans l'office

en votre absence pour mettre du poison dans l'un des sandwiches, c'était à votre intention ?

— Eh bien, oui, sans doute.

— Que s'est-il passé quand vous êtes revenues toutes les trois ?

— Nous sommes entrées dans le petit salon. Je suis allée chercher les sandwiches et j'en ai offert aux deux autres.

— Avez-vous bu quelque chose ?

— J'ai bu de l'eau. Il y avait de la bière, mais miss Hopkins et Mary préféraient du thé. Miss Hopkins est allée à l'office le préparer, elle l'a rapporté sur un plateau et Mary l'a servi.

— En avez-vous bu ?

— Non.

— Mais Mary Gerrard et miss Hopkins en ont bu toutes les deux ?

— Oui.

— Et ensuite ?

— Miss Hopkins est sortie pour aller éteindre le gaz.

— En vous laissant seule avec Mary Gerrard ?

— Oui.

— Et ensuite ?

— Au bout de quelques minutes, j'ai pris le plateau et l'assiette des sandwiches et je les ai emportés à l'office. Miss Hopkins s'y trouvait et nous avons fait la vaisselle ensemble.

— Miss Hopkins avait-elle retroussé ses manches ?

— Oui. Elle faisait la vaisselle et moi je l'essuyais.

— Lui avez-vous fait une remarque à propos d'une égratignure qu'elle avait au poignet ?

— Je lui ai demandé si elle s'était piquée.

— Et qu'a-t-elle répondu ?

— Elle m'a dit : « C'est le rosier grimpant, près de la loge – une épine... je la retirerai plus tard. »

— Comment vous a-t-elle paru à ce moment-là ?

– J'ai pensé qu'elle souffrait de la chaleur. Elle transpirait et son visage était livide.

– Que s'est-il passé ensuite ?

– Nous sommes montées à l'étage et elle m'a aidée à trier les affaires de ma tante.

– Au bout de combien de temps êtes-vous redescendues ?

– Une heure plus tard, environ.

– Où se trouvait Mary Gerrard ?

– Elle était assise au petit salon. Elle respirait d'une drôle de façon et elle avait perdu connaissance. Sur les instructions de miss Hopkins, j'ai téléphoné au médecin. Il est arrivé juste avant qu'elle meure.

Sir Edwin, théâtral, se redressa de toute sa taille :

– *Miss Carlisle, avez-vous assassiné Mary Gerrard ?*

(C'est ta réplique ! Tête haute, regard ferme.)

– *Non !*

*

Sir Samuel Attenbury. Le cœur d'Elinor s'affola. Maintenant... maintenant elle était à la merci de l'ennemi ! Plus de gentillesse, plus de questions préparées.

Il commença toutefois en douceur :

– Vous nous avez déclaré que vous deviez épouser Mr Roderick Welman ?

– Oui.

– L'aimiez-vous ?

– Beaucoup.

– N'est-ce pas plutôt que vous étiez éperdument amoureuse de Roderick Welman et que son amour pour Mary Gerrard vous avait rendue folle de jalousie ?

– Non. (Était-ce un « non » assez indigné ?)

Sir Samuel se fit menaçant :

– Je prétends que vous avez prémédité de tuer cette jeune fille dans l'espoir que Roderick Welman vous reviendrait.

– C'est faux. (Hautaine... un peu lasse. C'était mieux.)

Les questions défilaient. Comme dans un rêve... un mauvais rêve... un cauchemar...

Une question après l'autre... des questions horribles, blessantes. Elle en attendait certaines, d'autres la prenaient au dépourvu...

Tenir son rôle. Surtout ne pas se laisser aller, ne pas dire : « Oui, je la haïssais... Oui, je souhaitais qu'elle meure... Oui, je ne pensais qu'à sa mort en préparant les sandwiches... »

Rester calme, donner des réponses brèves et aussi détachées que possible...

Se battre...

Se battre sur chaque pouce de terrain...

C'était fini... L'affreux homme au nez juif se rasseyait. La voix douce et onctueuse de sir Edwin formula encore quelques questions. Simples, aimables, destinées à effacer la mauvaise impression qu'elle aurait pu produire lors du contre-interrogatoire...

Elle était à nouveau au banc des accusés. Elle regardait les jurés. Est-ce qu'ils...

*

Roddy. Roddy debout, là, battant un peu des paupières, pestant intérieurement contre cette situation. Roddy – avec un air... pas tout à fait *réel*.

Mais plus rien n'est réel. Tout est emporté dans un tourbillon diabolique. Le blanc est noir, le haut en bas, l'est à l'ouest... Je ne suis plus Elinor Carlisle, je suis « l'accusée ». Et qu'on me pende ou qu'on me libère, rien ne sera jamais plus comme avant. S'il y avait quelque chose, juste quelque chose de simplement normal à quoi me raccrocher...

(Le visage de Peter Lord, peut-être – avec ses taches de son et cette façon extraordinaire d'être toujours semblable à lui-même...)

Où en était donc sir Edwin ?

— Pouvez-vous nous dire quels étaient les sentiments de miss Carlisle à votre égard ?

Roddy répondit de sa voix claire :

— Je pense qu'elle éprouvait pour moi un attachement profond, mais que ce sentiment n'avait en tout cas guère à voir avec la passion amoureuse.

— Étiez-vous heureux de vos fiançailles ?

— Oh, tout à fait, nous avions tant en commun.

— Mr Welman, auriez-vous l'amabilité d'exposer au jury les raisons exactes de votre rupture ?

— Eh bien, après la mort de Mrs Welman, cela s'est imposé à nous, dans une sorte de choc. Je n'aimais pas l'idée d'épouser une femme riche alors que j'étais moi-même sans le sou. En fait, nous avons rompu par consentement mutuel et cette décision nous a soulagés tous les deux.

— Pourriez-vous nous préciser maintenant quelle était la nature de vos relations avec Mary Gerrard ?

(Oh, Roddy, pauvre Roddy, comme tu dois détester tout ça !)

— Je la trouvais adorable.

— Étiez-vous amoureux d'elle ?

— Un peu.

— Quand l'avez-vous vue pour la dernière fois ?

— Voyons... Ce devait être le 5 ou le 6 juillet.

La voix de sir Edwin se fit cassante :

— Vous l'avez rencontrée, ce me semble, après cette date.

— Non, j'étais à l'étranger : Venise, la Dalmatie.

— Vous êtes rentré en Angleterre... quand au juste ?

— Après avoir reçu un télégramme – voyons – le 1er août, je crois bien.

— Je suggère pourtant que vous vous trouviez en Angleterre le 27 juillet.

— Non.

— Allons, Mr Welman, n'oubliez pas que vous témoignez sous serment. Votre passeport ne mentionne-t-il pas que vous êtes rentré en Angleterre le 25 juillet et que vous en êtes reparti dans la nuit du 27 ?

La voix de sir Edwin contenait une nuance de menace. Ramenée soudain à la réalité, Elinor fronça les sourcils. Pourquoi l'avocat malmenait-il son propre témoin ?

Roddy avait pâli. Il garda le silence un instant, puis il articula avec effort :

— Eh bien, oui, c'est exact.

— Avez-vous rencontré Mary Gerrard à son domicile londonien le 25 juillet ?

— Oui, en effet.

— Lui avez-vous demandé de vous épouser ?

— Euh... euh... oui.

— Quelle a été sa réponse ?

— Elle a refusé.

— Vous n'êtes pas riche, Mr Welman ?

— Non.

— Et vous êtes très endetté ?

— En quoi cela vous regarde-t-il ?

— Vous ne saviez pas que miss Carlisle vous avait désigné comme unique héritier si elle venait à disparaître ?

— C'est la première fois que j'entends parler de ça.

— Vous trouviez-vous à Maidensford le matin du 27 juillet ?

— Non.

Sir Edwin se rassit.

Sir Samuel Attenbury reprit la parole :

— Vous dites qu'à votre avis l'accusée n'était pas profondément amoureuse de vous.

— C'est ce que j'ai dit.

— Mr Welman, êtes-vous un homme chevaleresque ?

— Je ne comprends pas.

— Si une dame était très éprise de vous, et que vous ne l'aimiez pas en retour, mettriez-vous votre point d'honneur à cacher ce fait ?

— Certainement pas.

– Mr Welman, quelle école avez-vous fréquentée ?

– Eton.

Sir Samuel eut un petit sourire.

– Ce sera tout.

*

Alfred James Wargrave.

– Vous êtes horticulteur et vous demeurez à Emsworth dans le comté de Berks ?

– Oui.

– Le 20 octobre, êtes-vous allé à Maidensford pour examiner un rosier qui se trouvait devant la loge de Hunterbury ?

– Oui.

– Décrivez-nous ce rosier.

– C'est un rosier grimpant – un Zéphirine Drouhin. Il donne des fleurs roses délicatement parfumées. Il a la particularité de n'avoir pas d'épines.

– Il serait donc impossible de se piquer à un rosier répondant à cette description ?

– Rigoureusement impossible. Il est dépourvu d'épines.

Pas de contre-interrogatoire.

*

– Vous êtes James Arthur Littledale, chimiste diplômé, employé par les laboratoires Jenkins & Hale ?

– Oui.

– Pouvez-vous identifier ce morceau de papier ?

On lui remit la pièce à conviction.

– C'est un fragment d'étiquette provenant d'un de nos produits.

– Quel genre d'étiquette ?

– Celles que nous utilisons pour les tubes de comprimés servant aux préparations hypodermiques.

– En l'occurrence, ce fragment est-il suffisant pour que vous puissiez identifier le produit que contenait le tube ?

– Oui. Je peux affirmer en toute certitude que le tube en question contenait des comprimés de chlorhydrate d'apomorphine à 3 mg.

– Il ne s'agissait pas de chlorhydrate de morphine ?

– Non, c'est impossible.

– Pourquoi ?

– Parce que le mot morphine devrait commencer par un M majuscule. Or, en regardant à la loupe, on voit bien que le bout de jambage qui est là appartient à un m minuscule, et non pas à un M majuscule.

– Que les jurés examinent ce papier à la loupe, je vous prie. Avez-vous apporté des étiquettes pour que l'on voie mieux ce que vous voulez dire ?

On fit passer les étiquettes aux jurés.

Sir Edwin poursuivit :

– Vous dites que cette étiquette provient d'un tube de chlorhydrate d'apomorphine, mais qu'est-ce au juste que le chlorhydrate d'apomorphine ?

– Sa formule chimique est $C_{17} H_{17} NO_2$. C'est un dérivé de la morphine obtenu par saponification en la chauffant avec de l'acide chlorhydrique dilué dans des tubes scellés. La morphine perd une molécule d'eau.

– Quelles sont les propriétés caractéristiques de l'apomorphine ?

– L'apomorphine est le plus rapide et le plus puissant des émétiques connus. Elle agit en quelques minutes.

– Si quelqu'un avalait une dose mortelle de morphine et s'*injectait de l'apomorphine dans les minutes qui suivent*, que se passerait-il ?

– Cette personne serait prise de vomissements presque instantanément et la morphine serait ainsi éliminée de l'organisme.

– Par conséquent, si deux personnes partagent le même sandwich *ou boivent du thé provenant de la même théière* et que l'une des deux s'injecte une dose d'apomorphine, en supposant que ce qu'elles ont partagé était empoisonné, que se passe-t-il ?

– La personne qui a pris de l'apomorphine vomira la nourriture et la morphine.

– Et il n'y aura pas d'effets secondaires ?

– Non.

L'auditoire s'agita soudain et le juge imposa le silence.

*

– Vous vous appelez Amelia Mary Sedley et vous résidez habituellement au 17, Charles Street, Boonamba, Auckland ?

– Oui.

– Connaissez-vous une certaine Mrs Draper ?

– Oui, depuis plus de vingt ans.

– Connaissez-vous son nom de jeune fille ?

– Oui, j'étais présente à son mariage. Elle s'appelait Mary Riley.

– Est-elle originaire de Nouvelle-Zélande ?

– Non, elle venait d'Angleterre.

– Avez-vous assisté à ce procès depuis le début ?

– Oui.

– Avez-vous vu Mary Riley – ou Draper – dans cette salle ?

– Oui.

– Où l'avez-vous vue ?

– À la barre des témoins.

– Sous quel nom témoignait-elle ?

– Jessie Hopkins.

– Et vous êtes sûre que cette Jessie Hopkins est bien la femme que vous connaissez sous le nom de Mary Riley – ou Draper ?

– Il n'y a aucun doute.

Il y eut un léger remous au fond de la salle.

— Et avant cela, quand avez-vous vu Mary Draper pour la dernière fois ?

— Il y a cinq ans. Elle repartait pour l'Angleterre.

— Le témoin est à vous, déclara sir Edwin avec une courbette.

Sir Samuel se leva, cachant mal son embarras.

— Mrs... Sedley, commença-t-il, êtes-vous bien sûre de ne pas vous tromper ?

— Je ne me trompe pas.

— Vous avez pu être trompée par une ressemblance fortuite.

— Je connais bien Mrs Draper.

— Miss Hopkins est une infirmière diplômée.

— Mary Draper était infirmière avant de se marier.

— Êtes-vous bien consciente que vous accusez un témoin de parjure ?

— Je sais ce que je dis.

*

— Edward John Marshall, vous avez vécu pendant quelques années à Auckland, Nouvelle-Zélande, et vous résidez maintenant au 14 Wren Street, à Deptford ?

— C'est exact.

— Connaissez-vous Mary Draper ?

— Oui, très bien. Je l'ai connue en Nouvelle-Zélande.

— L'avez-vous revue aujourd'hui dans cette salle ?

— Oui. Elle se faisait appeler Hopkins, mais c'était bien Mrs Draper.

Le juge leva la tête et déclara simplement d'une voix claire et pénétrante :

— Il me paraît souhaitable de rappeler le témoin Jessie Hopkins.

Une pause, un murmure.

— Votre Honneur, Jessie Hopkins a quitté le tribunal il y a quelques instants.

– Hercule Poirot.

Hercule Poirot entra dans le box, prêta serment, lissa sa moustache et attendit, la tête un peu penchée de côté. Il déclina nom, adresse et profession.

– Monsieur Poirot, reconnaissez-vous ce document ?

– Certainement.

– Comment est-il entré en votre possession ?

– C'est l'infirmière Hopkins qui me l'a remis.

– Votre Honneur, intervint sir Edwin, avec votre permission, je lirai ce document à haute voix avant de le transmettre aux jurés.

4

Plaidoyer de la défense.

– Messieurs les jurés, vous allez maintenant devoir vous prononcer, et dire si Elinor Carlisle quittera libre ce tribunal. Si, après les témoignages que vous avez entendus, vous êtes convaincus qu'Elinor Carlisle a empoisonné Mary Gerrard, alors vous devez la déclarer coupable.

» Mais s'il vous apparaissait qu'il existe autant de preuves, et peut-être de preuves plus accablantes contre une autre personne, alors vous devez sur-le-champ acquitter l'accusée.

» Vous aurez, je le pense, pris conscience que les ressorts de cette affaire ne sont pas du tout ceux que l'on croyait à l'origine.

» Hier, après les révélations faites par Mr Poirot, j'ai appelé d'autres témoins afin de prouver sans l'ombre d'un doute que Mary Gerrard était la fille illégitime de Laura

Welman. Cela acquis, il s'ensuit, comme le président vous en instruira sans doute, que la plus proche parente de Mrs Welman n'était pas sa nièce, Elinor Carlisle, mais sa fille illégitime connue sous le nom de Mary Gerrard. Par conséquent, Mary Gerrard devait hériter d'une immense fortune à la mort de Mrs Welman. C'est là, messieurs, le point crucial de l'affaire. Mary Gerrard devait hériter d'une somme d'environ deux cent mille livres, mais elle l'ignorait. Elle ignorait aussi la véritable identité de la femme Hopkins. Vous pensez peut-être, messieurs, que Mary Riley – ou Draper – pouvait avoir une raison tout à fait légitime de changer de nom. Mais dans ce cas, pourquoi n'est-elle pas venue nous l'exposer ?

» Tout ce que nous savons est ceci : sur le conseil de l'infirmière Hopkins, Mary Gerrard a rédigé un testament par lequel elle faisait de Mary Riley, sœur d'Eliza Riley, son héritière. Nous savons que l'infirmière Hopkins, étant donné sa profession, pouvait se procurer de la morphine et de l'apomorphine et qu'elle en connaissait bien les propriétés. D'autre part, il a été prouvé que l'infirmière Hopkins a menti en prétendant s'être blessée aux épines d'un rosier qui n'en porte pas. Pourquoi a-t-elle menti, sinon parce qu'elle avait besoin en toute hâte *de justifier la marque faite par une aiguille hypodermique* ? Souvenez-vous aussi que l'accusée a déclaré sous serment que l'infirmière Hopkins semblait souffrante lorsqu'elle l'a rejointe à l'office, et que son visage était livide, ce qui s'explique très bien si elle venait d'être violemment indisposée.

» Je soulignerai encore un point : *Si* Mrs Welman avait vécu vingt-quatre heures de plus, elle aurait fait un testament et, selon toute probabilité, ce testament aurait laissé à Mary Gerrard une somme confortable – mais pas la totalité de sa fortune, car elle était convaincue que sa fille illégitime serait plus heureuse en restant dans un milieu social moins élevé.

» Il ne m'appartient pas de me prononcer sur les faits mettant en cause une autre personne, sauf pour démontrer que cette personne a eu autant de possibilités et un mobile bien plus puissant de commettre ce meurtre.

» De ce point de vue, messieurs les jurés, je prétends que les chefs d'accusation retenus contre Elinor Carlisle s'effondrent...

*

Résumé des débats par le juge Beddingfield :

– ...Et vous devez être pleinement convaincus que cette femme a effectivement administré le 27 juillet une dose mortelle de morphine à Mary Gerrard. Sinon, vous devez l'acquitter.

» L'accusation a soutenu que l'accusée était la seule personne à avoir eu l'opportunité d'administrer le poison à Mary Gerrard. La défense s'est efforcée de prouver qu'il y avait d'autres possibilités. D'abord celle du suicide de Mary Gerrard, mais le seul indice à l'appui de cette thèse est que Mary Gerrard a rédigé son testament peu avant de mourir. Nous n'avons pas la moindre preuve qu'elle ait été déprimée ou malheureuse, ou encore dans un état d'esprit qui aurait pu la pousser à attenter à ses jours. Ensuite, la défense a suggéré que la morphine aurait pu être mise dans les sandwiches par quelqu'un qui se serait introduit dans l'office en l'absence d'Elinor Carlisle. Dans ce cas, le poison était destiné à Elinor Carlisle, et Mary Gerrard est morte par erreur. Enfin, la défense a plaidé qu'une autre personne a également eu l'opportunité d'administrer la morphine – dans le thé, cette fois, et non dans les sandwiches. Pour étayer sa thèse, la défense a appelé le témoin Littledale, qui a déclaré sous serment que le lambeau de papier découvert dans l'office était un fragment d'étiquette provenant d'un tube contenant des comprimés de chlorhydrate d'apomorphine, un émétique puissant. On vous a remis un exemplaire de chaque étiquette. Il m'apparaît que la police s'est rendue coupable d'une grave négligence en concluant hâtivement qu'il s'agissait d'une étiquette de morphine sans plus d'examen.

» Le témoin Hopkins a déclaré s'être piqué le poignet à un rosier devant la loge. Le témoin Wargrave a examiné ce rosier et conclu qu'il appartenait à une variété inerme – à savoir qu'il était dépourvu d'épines. Il vous revient de décider ce qui a laissé cette marque au poignet de l'infirmière Hopkins et pour quelle raison elle a menti à ce sujet...

» Si l'accusation vous a convaincus que l'accusée, et personne d'autre, a commis le crime, alors vous devez la déclarer coupable.

» Si l'explication proposée par la défense vous paraît plausible et compatible avec les faits, alors vous devez l'acquitter.

» Je vous engage à prononcer votre verdict en votre âme et conscience, et à la seule lumière des faits qui vous ont été présentés.

*

Elinor fut ramenée dans la salle d'audience.

L'un derrière l'autre, les jurés reprirent leur place.

– Messieurs les jurés, avez-vous rendu votre verdict ?

– Oui.

– Regardez l'accusée et dites si elle est coupable ou non coupable.

– *Non coupable...*

5

On l'avait fait sortir par une porte de côté.

Elle avait perçu l'émotion sur les visages qui l'entouraient... Roddy... le détective aux invraisemblables moustaches...

Mais ce fut vers Peter Lord qu'elle se tourna :

– Je veux partir d'ici...

Au volant de sa confortable Daimler, il la conduisit rapidement hors de Londres.

Il n'avait pas prononcé un mot et elle savourait ce silence bienfaisant.

Chaque minute l'éloignait davantage.

Une nouvelle vie...

C'était ce qu'elle désirait...

Une nouvelle vie.

– Je... je veux aller dans un endroit tranquille..., dit-elle tout à coup. Un endroit où je ne verrai pas de *visages*...

– C'est déjà arrangé, dit Peter Lord d'une voix calme. Je vous emmène dans une maison de repos. Un coin agréable. Avec de beaux jardins. Personne ne vous ennuiera – personne ne pourra vous trouver.

– Oui..., dit Elinor dans un souffle. C'est ça, ce que je veux...

Il était médecin, c'était sans doute pour ça qu'il comprenait. Il savait... et il ne l'importunait pas. Que c'était bon de partager cette paix avec lui, de partir loin de tout ça, loin de Londres – vers un refuge...

Elle voulait oublier... tout oublier. Ça n'avait déjà plus de réalité. C'était déjà effacé, évanoui, emporté avec la vie d'avant, les émotions d'avant. Elle était une autre femme, un être neuf, inconnu, sans défense, encore informe – prête pour un nouveau départ. Un être très neuf, et très effrayé...

Mais c'était rassurant d'être avec Peter Lord...

Ils avaient quitté Londres et traversaient la banlieue.

– C'est vous... c'est grâce à vous..., dit-elle enfin.

– C'est Hercule Poirot. Ce type est un magicien !

– C'est *vous*, répéta Elinor. *Vous* êtes allé le chercher, vous l'avez convaincu !

– Ça, je l'ai convaincu..., sourit Peter.

– Vous saviez que je ne l'avais pas fait, ou vous n'étiez pas sûr ?

– Je n'ai jamais été complètement sûr, avoua-t-il avec simplicité.

– C'est pour ça que j'ai failli répondre « coupable » tout de suite... Parce que, vous savez, j'y avais bel et bien pensé... j'y ai pensé le jour où j'ai éclaté de rire devant la fenêtre de miss Hopkins.

– Oui, je savais.

– Ça me paraît tellement incroyable, maintenant. Comme si j'avais été possédée. Pendant que je préparais les sandwiches, je faisais semblant, je me disais : « J'ai mis du poison, et quand elle les mangera, elle mourra, et alors Roddy me reviendra. »

– On peut trouver un apaisement en se racontant des histoires comme ça. Ce n'est pas une mauvaise chose. C'est l'imagination qui élimine, comme la transpiration assainit l'organisme.

– Oui, c'est vrai. Parce que, soudain, c'est parti ! Cette noirceur je veux dire ! Quand cette femme a mentionné le rosier de la loge, tout a basculé, tout est redevenu normal... (Elle frissonna.) Et, plus tard, quand nous sommes revenues au petit salon, et qu'elle était morte – enfin, mourante –, alors j'ai pensé : « Quelle différence y a-t-il entre *imaginer* un meurtre et le *commettre* ? »

– Toute la différence du monde ! s'exclama Peter Lord.

– Oui, mais y en a-t-il une vraiment ?

– Bien sûr que oui ! Penser au meurtre, ça ne fait pas de mal. Les gens ont de drôles d'idées. Ils pensent que c'est comme préméditer un meurtre ! Mais pas du tout. Si vous ressassez assez longtemps une idée de meurtre, soudain vous émergez de là et ça vous paraît idiot !

— Oh ! Comme vous êtes réconfortant ! s'écria Elinor.

— P-pas du tout, bafouilla-t-il, confus. Simple question de bon sens.

Elinor eut soudain les yeux pleins de larmes.

— De temps en temps, dit-elle, je vous regardais au tribunal. Cela me donnait du courage. Vous aviez l'air si... si *ordinaire*.

Elle éclata de rire :

— Ça n'est pas très aimable !

— Je comprends. Lorsqu'on est en plein cauchemar, quelque chose d'ordinaire devient le seul espoir. De toute façon, il n'y a rien de mieux que les choses ordinaires, c'est ce que j'ai toujours pensé.

Pour la première fois depuis qu'elle avait pris place dans la voiture, elle se tourna vers lui et le regarda.

Elle ne souffrait pas en voyant son visage comme elle souffrait en voyant celui de Roddy. Il n'y avait pas ce mélange violent de douleur et de plaisir, comme un coup au cœur, il y avait juste une sensation de chaleur et de bien-être.

« Comme son visage est sympathique, pensa-t-elle... sympathique et drôle... et, oui, rassurant. »

Ils roulaient toujours.

Ils franchirent enfin un portail et gravirent une petite route jusqu'à une maison blanche, au flanc d'une colline.

— Vous serez bien ici, dit-il. Au calme. Personne ne viendra vous déranger.

Impulsivement, elle posa la main sur son bras.

— Vous... vous viendrez me voir ? demanda-t-elle.

— Bien sûr.

— Souvent ?

— Aussi souvent que vous voudrez de moi.

— S'il vous plaît, venez... *très souvent*.

6

– Ainsi vous le voyez bien, mon bon ami, dit Hercule Poirot. Les mensonges que débitent les gens sont aussi utiles que la vérité.

– Est-ce que tout le monde vous a menti ? demanda Peter Lord.

– Oh oui ! Chacun avait de bonnes raisons, comprenez-vous. La seule personne qui s'est fait de la vérité un devoir, qui l'a respectée orgueilleusement, scrupuleusement – c'est celle qui m'a posé le plus de problème.

– Elinor ! murmura Peter Lord.

– Précisément. Tout l'accusait. Et elle, avec sa conscience exigeante, elle n'a rien fait pour les dissiper, ces soupçons. Elle s'accusait elle-même, si ce n'est d'avoir tué, d'avoir voulu le faire. Et elle a été tout près d'abandonner ce combat sordide et de plaider coupable devant le tribunal pour un meurtre qu'elle n'avait pas commis.

– Incroyable ! soupira Peter Lord non sans une pointe d'exaspération.

– Mais non, dit Poirot. Elle se condamnait parce que ses critères personnels sont très supérieurs à ceux du commun des mortels !

– Oui, elle est comme ça, dit Peter Lord, tout songeur.

– Tout au long de cette enquête, la possibilité qu'Elinor Carlisle soit coupable du crime dont on l'accusait est demeurée très forte. Mais j'ai tenu mon engagement envers vous, j'ai découvert que des charges très sérieuses pouvaient être retenues contre une autre personne.

– Miss Hopkins ?

– Non, pas tout de suite. Roderick Welman a été le premier à retenir mon attention. Dans son cas aussi, ça commence par un mensonge. Il a prétendu avoir quitté l'Angleterre le 9 juillet et n'être revenu que le 1er août. Or, miss Hopkins avait mentionné par hasard que Mary Gerrard avait repoussé les avances de Roderick Welman, à Maidens-ford et, à nouveau, « lorsqu'il l'a revue à Londres ». Mary Gerrard, vous me l'avez appris, est partie pour Londres le 10 juillet, *le lendemain* du départ de Roderick Welman pour l'étranger. Alors, quand donc Mary Gerrard et Roderick Welman s'étaient-ils vus à Londres ? J'ai mis mon ami le voleur au travail, et après examen du passeport de Welman, j'ai découvert qu'il avait séjourné en Angleterre du 25 au 27 juillet. *Il avait donc menti froidement sur ce point.*

» Je pensais toujours à ce laps de temps où les sandwiches étaient restés sur une assiette dans l'office pendant qu'Elinor Carlisle était à la loge. Je me rendais bien compte que, dans ce cas, c'était Elinor, et non Mary, qui était visée. Roderick Welman avait-il une raison de tuer Elinor Carlisle ? Oui, une excellente. Elle avait rédigé un testament par lequel elle lui léguait toute sa fortune. Et en le questionnant habilement, j'ai découvert que Roderick Welman pouvait très bien avoir pris connaissance de ce fait.

— Pourquoi avez-vous conclu qu'il était innocent ?

— À cause d'un autre mensonge. Un petit mensonge stupide de rien du tout. Miss Hopkins avait déclaré qu'elle s'était égratignée à un rosier, qu'elle avait une épine dans le poignet. Et je suis allé là-bas, et j'ai vu le rosier *et il n'avait pas d'épines*... Donc miss Hopkins avait menti, et ce mensonge était si bête, si inutile, apparemment, qu'il a attiré mon attention sur elle.

» J'ai commencé à me poser des questions sur l'infirmière Hopkins. Jusqu'alors elle m'était apparue comme un témoin parfaitement crédible et cohérent, avec une nette prévention contre l'accusée que son affection pour la victime expliquait très normalement. Mais, à cause de ce petit mensonge stupide, j'ai commencé à reconsidérer miss Hopkins et son témoignage, et j'ai compris là ce que je n'avais pas été assez malin pour comprendre plus tôt. Miss Hopkins savait quelque chose sur Mary Gerrard – quelque chose qu'elle souhaitait ardemment que l'on découvre.

– J'aurais juré que c'était le contraire ! s'étonna Peter Lord.

– En apparence, oui. Elle a très bien joué le rôle de la personne qui connaît un secret et qui ne veut pas le révéler ! Mais, en y réfléchissant bien, j'ai compris que chacun des mots qu'elle avait prononcés à ce sujet visait un but exactement inverse. Mon entretien avec miss O'Brien a confirmé cette supposition. Hopkins avait très intelligemment manipulé miss O'Brien sans que celle-ci en ait conscience.

» Il devenait évident que miss Hopkins jouait une partie toute personnelle. J'ai confronté les deux mensonges, celui de Roderick Welman et le sien. L'un d'entre eux pouvait-il avoir une explication innocente ?

» Dans le cas de Roderick, j'ai répondu oui immédiatement. Roderick Welman est un être ultra-sensible. Il aurait été très humilié d'avouer qu'il avait été incapable de tenir sa résolution – qu'il n'avait pas pu s'empêcher de revenir rôder autour d'une jeune fille qui ne voulait rien avoir à faire avec lui. Et comme il n'avait pas été question de sa présence dans le secteur au moment du meurtre, il a choisi la solution la plus facile et la moins déplaisante – ce qui est bien dans son caractère – en omettant tout simplement cette rapide visite en Angleterre et en déclarant qu'il était rentré le 1er août après avoir reçu la nouvelle.

» Qu'en était-il, maintenant, du mensonge de miss Hopkins ? Plus j'y réfléchissais, plus il me paraissait extraordinaire. *Pourquoi donc* miss Hopkins avait-elle trouvé nécessaire de mentir à propos d'une égratignure au poignet ? Que signifiait cette marque ?

» J'ai commencé à me poser certaines questions. À qui appartenait la morphine qu'on avait dérobée ? À l'infirmière Hopkins. Qui avait pu administrer cette morphine à Mrs Welman ? L'infirmière Hopkins. Bien, mais pourquoi attirer l'attention sur cette disparition ? Si miss Hopkins était coupable, il n'y avait qu'une seule réponse à cela : parce que le second meurtre, celui de Mary Gerrard, était déjà prévu, qu'un bouc émissaire avait été choisi, et qu'il fallait bien faire savoir que ce bouc émissaire *avait eu la possibilité de se procurer de la morphine.*

» D'autres détails prenaient place. La lettre anonyme envoyée à Elinor. Cela, c'était pour créer de l'animosité entre Elinor et Mary. L'idée était certainement qu'Elinor viendrait à Hunterbury et tâcherait de combattre l'influence de Mary sur Mrs Welman. Il n'était pas prévu, bien sûr, que Mr Welman aurait le coup de foudre pour Mary, mais Mrs Hopkins fut prompte à s'en réjouir. C'était un mobile en or pour son bouc émissaire, Elinor.

» Mais quelle était la raison de ces deux meurtres ? Pourquoi miss Hopkins aurait-elle voulu éliminer Mary Gerrard ? Je commençai à entrevoir une lueur... oh, bien faible encore. Miss Hopkins avait une grande influence sur la jeune fille, et elle s'en était servie, entre autres, *pour lui faire rédiger son testament.* Mais ce testament ne bénéficiait pas à miss Hopkins. Il bénéficiait à une tante de Mary qui vivait en Nouvelle-Zélande. Et c'est là que je me suis souvenu d'une remarque anodine faite par quelqu'un du village : cette tante avait été infirmière.

» La lueur n'était plus si faible. Le montage, l'élaboration du crime commençait à se préciser. L'étape suivante fut facile. Je suis retourné voir miss Hopkins et nous avons tous deux fort bien joué la comédie. Elle a fini par se laisser persuader de dire ce qu'elle avait l'intention de dévoiler depuis le début ! Un peu plus tôt qu'elle ne l'avait prévu, peut-être ! Mais l'occasion était si belle qu'elle n'a pas pu résister. Et, après tout, on connaîtrait la vérité tôt ou tard, n'est-ce pas ? Avec une mauvaise grâce bien imitée, elle m'a sorti la lettre. Et là, mon bon ami, il n'était plus question de supposition. Je savais ! La lettre l'avait trahie.

— Comment ça ? dit Peter Lord, confondu.

— Très cher, sur l'enveloppe il y avait écrit : « Pour Mary, à lui envoyer après ma mort. » Mais le contenu de la lettre indiquait clairement que Mary Gerrard ne devait jamais connaître la vérité. Et puis le mot *envoyer*, et non pas *remettre*, était des plus explicites. Ce n'était pas à Mary *Gerrard* que cette lettre était adressée, mais à une autre Mary. C'était à sa sœur Mary Riley, en Nouvelle-Zélande, qu'Eliza Riley révélait la vérité.

» Miss Hopkins n'a pas retrouvé la lettre au pavillon après la mort de Mary Gerrard, elle l'avait en sa possession depuis de nombreuses années. Elle l'avait reçue en Nouvelle-Zélande à la mort de sa sœur.

Il se tut un instant.

— Une fois qu'on a entrevu la vérité avec les yeux de l'esprit, poursuivit-il, le reste devient facile. Grâce à la rapidité des voyages aériens, il était possible de faire venir au tribunal un témoin qui avait bien connu Mary Draper en Nouvelle-Zélande.

— Mais si vous vous étiez trompé? intervint Peter Lord. Si l'infirmière Hopkins et Mary Draper avaient été deux personnes différentes?

— Je ne me trompe jamais! dit froidement Poirot.

Peter Lord eut un rire amusé.

— Mon bon ami, continua Poirot, nous possédons maintenant quelques renseignements sur cette Mary Riley – ou Draper. La police de Nouvelle-Zélande n'avait pas pu réunir assez d'éléments pour l'inculper mais elle la surveillait depuis quelque temps quand elle a brusquement quitté le pays. Il y avait une patiente, une vieille dame, qui avait légué à sa « chère miss Riley » une fortune rondelette, et dont la mort troublait beaucoup le médecin qui la soignait. Et il y avait le mari de Mary Draper. Lui, il avait souscrit une grosse assurance-vie en faveur de sa femme, et il est mort soudainement, de façon inexplicable. Malheureusement pour elle, il avait bien fait un chèque à la compagnie d'assurances, mais il avait oublié de le poster. Il y a peut-être encore d'autres cadavres dans le placard. Cette femme ignore le remords comme le scrupule.

» On imagine très bien comment la lettre de sa sœur a fait

germer des idées dans son esprit fertile. Quand la Nouvelle-Zélande est devenue trop « chaude » pour elle, comme vous dites, vous autres Anglais, et qu'elle est revenue ici reprendre son métier sous le nom de Hopkins – une de ses anciennes collègues d'hôpital, morte à l'étranger –, son objectif était Maidensford. Peut-être avait-elle envisagé une forme de chantage. Mais la vieille Mrs Welman n'était pas le genre de femme que l'on fait chanter, et l'infirmière Riley, ou Hopkins, a sagement décidé de ne rien tenter en ce sens. Elle a sûrement pris ses renseignements et découvert que Mrs Welman était une femme très riche, et un mot lancé par hasard par la vieille dame a pu lui apprendre que celle-ci n'avait pas fait de testament.

» Et donc, ce soir de juin, lorsque miss O'Brien a répété à sa collègue que Mrs Welman réclamait son notaire, Hopkins n'a pas hésité. Mrs Welman devait mourir intestat pour que sa fille illégitime hérite. Hopkins s'était déjà liée d'amitié avec Mary Gerrard et avait acquis une grande emprise sur elle. Il ne lui restait plus qu'à amener la jeune fille à rédiger un testament par lequel elle léguait tous ses biens à la sœur de sa mère, et elle a soufflé soigneusement chaque mot de ce testament. Aucune mention de parenté, juste : « Mary Riley, sœur de feu Eliza Riley ». Dès qu'elle l'eut signé, Mary Gerrard était condamnée. La femme n'avait plus qu'à attendre le moment propice. Je suppose qu'elle avait déjà prévu la méthode qu'elle emploierait, en se forgeant un alibi grâce à l'apomorphine. Elle avait peut-être imaginé d'attirer Elinor et Mary chez elle, mais lorsque Elinor s'est présentée à la loge et leur a proposé de venir partager ses sandwiches, elle a compris que le moment était arrivé. Les circonstances étaient telles qu'Elinor avait pratiquement toutes les chances d'être condamnée.

— Et, sans vous, elle courait droit à la condamnation..., dit lentement Peter Lord.

— Mais non, mon bon ami, répliqua vivement Poirot, c'est à vous qu'elle doit la vie.

– Moi ? Je n'ai rien fait. J'ai essayé de...

Il s'interrompit et Poirot eut un petit sourire.

– Hé oui, vous vous êtes donné beaucoup de mal, n'est-ce pas ? Vous étiez impatient parce que vous aviez l'impression que je n'arrivais à rien. Et vous aviez peur aussi – peur qu'elle soit vraiment coupable. Alors vous m'avez menti, vous aussi, sans vergogne ! Mais, mon tout bon, vous n'avez pas été très malin. À l'avenir, je vous conseille de vous en tenir aux rougeoles et aux coqueluches, et de laisser tomber les enquêtes criminelles.

Peter Lord piqua un fard :

– Alors, vous avez... vous avez toujours su ?

Poirot se fit sévère :

– Vous me conduisez par la main dans une clairière au beau milieu des fourrés, et vous me mettez sous le nez une boîte d'allumettes allemande que vous venez d'y déposer. C'est de l'enfantillage !

Peter Lord eut un haut-le-corps.

– Allez-y, ne vous gênez pas ! grommela-t-il.

– Vous parlez avec le jardinier et vous l'amenez à dire qu'il a vu votre voiture en bas de l'allée. Et puis vous prenez l'air stupéfait et vous affirmez que ce n'était pas votre voiture. Et vous me regardez bien en face pour être sûr que j'ai compris qu'un étranger a dû s'introduire dans la maison ce matin-là.

– Quel imbécile j'ai été.

– Vous y faisiez quoi, à Hunterbury, ce fameux matin ?

Peter Lord rougit :

– C'était de l'idiotie pure et simple... Je... j'avais entendu dire qu'elle était là, et je suis monté au manoir dans l'espoir de la voir. Je ne voulais pas lui parler. Je... je voulais seulement... eh bien... la *voir*. Depuis le chemin, je l'ai en effet entrevue, dans l'office, en train de beurrer des tartines...

– Charlotte et le jeune Werther. Poursuivez, mon bon ami.

– Oh, il n'y a rien à ajouter. Je me suis caché dans les

buissons, et je suis resté là à la regarder jusqu'à ce qu'elle sorte.

— Vous êtes tombé amoureux d'Elinor Carlisle la première fois que vous l'avez vue ? demanda gentiment Poirot.

Il y eut un long silence.

— Oui, je crois... Oh, et puis, à quoi bon... je suppose que Roderick Welman et elle vivront heureux.

— Mon tout bon, vous ne supposez rien de tel !

— Pourquoi pas ? Elle lui pardonnera l'épisode Mary Gerrard. Ce n'était qu'une toquade, de toute façon.

— C'est plus compliqué que ça, dit Hercule Poirot. Il se creuse parfois un abîme profond entre le passé et l'avenir. Lorsqu'on a avancé dans la vallée de la mort et que l'on retrouve le soleil, alors, très cher, une nouvelle vie commence... Le passé ne compte plus pour rien...

Il se tut un instant avant de poursuivre :

— Une nouvelle vie... Voilà où en est Elinor Carlisle. Et cette vie, c'est vous qui la lui avez donnée.

— Non.

— Si. C'est votre détermination, votre insistance arrogante qui m'ont poussé à faire ce que vous me demandiez. Admettez-le, c'est à vous que va sa gratitude, n'est-ce pas ?

— Oui, dit lentement Peter Lord, elle m'est très reconnaissante... Elle m'a demandé d'aller la voir souvent.

— Oui, elle a besoin de vous.

— Pas autant que... de lui ! lança Peter Lord avec violence.

— Elle n'a jamais eu *besoin* de Roderick Welman, affirma Poirot. Elle l'aimait, c'est vrai, d'un amour douloureux — désespéré, même.

— Jamais elle ne m'aimera comme ça, grinça Peter Lord, le visage crispé.

— Peut-être pas, répondit doucement Poirot. Mais elle a besoin de vous, mon bon ami, parce qu'il n'y a qu'avec vous qu'elle peut recommencer à vivre.

Peter Lord ne répondit pas.

La voix de Poirot se fit bienveillante :

– Pourquoi n'acceptez-vous pas de regarder la réalité en face ? Elle aimait Roderick Welman. Et alors ? Avec vous, *elle sera heureuse...*

Romans d'Agatha Christie

(Masque et Club des Masques)

	Masque	Club des masques
A.B.C. contre Poirot	263	296
L'affaire Protheroe	114	36
A l'hôtel Bertram	951	104
Allô ! Hercule Poirot ?	1175	284
Associés contre le crime	1219	244
Le bal de la victoire	1655	561
Cartes sur table	275	364
Le chat et les pigeons	684	26
Le cheval à bascule	1509	514
Le cheval pâle	774	64
Christmas Pudding		42
(Dans le Masque : Le retour d'Hercule Poirot)		
Cinq heures vingt-cinq	190	168
Cinq petits cochons	346	66
Le club du mardi continue	938	48
Le couteau sur la nuque	197	135
Le crime de l'Orient-Express	169	337
Le crime du golf	118	265
Le crime est notre affaire	1221	288
La dernière énigme	1591	530
Destination inconnue	526	58
Dix brèves rencontres	1723	578
Dix petits nègres	299	402
Drame en trois actes	366	192
Les écuries d'Augias	913	72
Les enquêtes d'Hercule Poirot	1014	96
La fête du potiron	1151	174
Le flambeau	1882	584
Le flux et le reflux	385	235
L'heure zéro	349	439
L'homme au complet marron	69	124
Les indiscrétions d'Hercule Poirot	475	142
Je ne suis pas coupable	328	22
Jeux de glaces	442	78
La maison biscornue	394	16
La maison du péril	157	152
Le major parlait trop	889	108
Marple, Poirot, Pyne et les autres	1832	583
Meurtre au champagne	342	449
Le meurtre de Roger Ackroyd	1	415
Meurtre en Mésopotamie	283	28
Le miroir du mort		94
(dans le Masque : Poirot résout trois énigmes)		

	Masque	Club des masques
Le miroir se brisa	815	3
Miss Marple au club du mardi	937	46
Mon petit doigt m'a dit	1115	201
La mort dans les nuages	218	128
La mort n'est pas une fin	511	90
Mort sur le Nil	329	82
Mr Brown	100	68
Mr Parker Pyne	977	117
Mr Quinn en voyage	1051	144
Mrs Mac Ginty est morte	458	24
Le mystère de Listerdale	807	60
La mystérieuse affaire de Styles	106	100
Le mystérieux Mr Quinn	1045	138
N ou M ?	353	32
Némésis	1249	253
Le Noël d'Hercule Poirot	334	308
La nuit qui ne finit pas	1094	161
Passager pour Francfort	1321	483
Les pendules	853	50
Pension Vanilos	555	62
La plume empoisonnée	371	34
Poirot joue le jeu	579	184
Poirot quitte la scène	1561	504
Poirot résout trois énigmes	714	
(Dans le Club : Le miroir du mort)		
Pourquoi pas Evans ?	241	9
Les quatre	134	30
Rendez-vous à Bagdad	430	11
Rendez-vous avec la mort	420	52
Le retour d'Hercule Poirot	745	
(Dans le Club : Christmas Pudding)		
Le secret de Chimneys	126	218
Les sept cadrans	44	56
Témoin à charge	1084	210
Témoin indésirable	651	2
Témoin muet	377	54
Le train bleu	122	4
Le train de 16 h 50	628	44
Les travaux d'Hercule	912	70
Trois souris...	1786	582
La troisième fille	1000	112
Un cadavre dans la bibliothèque	337	38
Un deux trois	359	1
Une mémoire d'éléphant	1420	469
Un meurtre est-il facile ?	564	13
Un meurtre sera commis le...	400	86
Une poignée de seigle	500	40
Le vallon	361	374
Les vacances d'Hercule Poirot	351	275

Les Reines du Crime

Nouvelles venues ou spécialistes incontestées, les grandes dames du roman policier dans leurs meilleures œuvres.

ARMSTRONG Charlotte
2074 Et merci pour le chocolat
1740 L'étrange cas des trois sœurs infirmes

BACHELLERIE
1791 L'île aux muettes
   (Prix du Roman d'Aventures 1985)
1795 Pas de quoi noyer un chat
   (Prix du Festival de Cognac 1981)
1796 Il court, il court, le cadavre

BARNES L.
2126 Le blues de Miss Gibson

BLACKMON Anita
1956 On assassine au Mont-Lebeau

BRANCH Pamela
2131 Un lion dans la cave

BRAND Christianna
1877 Narcose

CANNAN Joanna
1820 Elle nous empoisonne

CHRISTIE Agatha
(86 titres parus, voir catalogue général)

CORNWELL Patricia Daniels
2092 Postmortem
   (Prix du Roman d'Aventures 1992)
2120 Mémoires mortes

CURTISS Ursula
1974 La guêpe

DISNEY D.C. & PERRY G.
1961 Des orchidées pour Jenny

GOSLING Paula
1971 Trois petits singes et puis s'en vont
1999 L'arnaque n'est plus ce qu'elle était
2088 Pour quelques flics de trop
2111 Larmes fatales

HOWE Melodie Johnson
2095 La monnaie de sa pièce

HUGHES Dorothy B.
2043 Voyage sans fin
2070 La boule bleue

JAPP Andréa H.
2044 La Bostonienne
   (Prix du Festival de Cognac 1991)
2119 Elle qui chante quand la mort vient

JONES Cleo
1879 Les saints ne sont pas des anges

KALLEN Lucille
1836 Quand la souris n'est pas là...

LANGTON Jane
2037 Le poète meurt toujours deux fois

LONG Manning
1831 On a tué mon amant
1988 Aucun délai

McCLOY Helen
1841 En scène pour la mort
1855 La vérité qui tue
2067 La vierge au sac d'or
2079 Celui qui s'échappa

MILLAR Margaret
1928 Le territoire des monstres
1994 Rendons le mal pour le mal
1996 Des yeux plein la tête
2010 Un doigt de folie

NATSUKI Shizuko
1959 La promesse de l'ombre
   (Prix du Roman d'Aventures 1989)
2039 Hara-Kiri, mon amour

NIELSEN Helen
1873 Pas de fleurs d'oranger

PARETSKY Sara
2050 Au point mort
2103 Qui s'y frotte s'y brûle
2136 Sous le feu des protecteurs

RADLEY Sheila
2058 A tous les coups l'on perd

RENDELL Ruth
1451 Qui a tué Charlie Hatton?
1501 Fantasmes

21 Le pasteur détective
1532 L'Analphabète
1563 L'enveloppe mauve
1582 Ces choses-là ne se font pas
1589 Etrange créature
1616 Reviens-moi
1629 La banque ferme à midi
1640 Un amour importun
1649 Le lac des ténèbres
1688 Le maître de la lande
1718 La fille qui venait de loin
1747 La fièvre dans le sang
1773 Qui ne tuerait le mandarin ?
1815 Morts croisées
1951 Une amie qui vous veut du bien
1965 La danse de Salomé
1978 La police conduit le deuil
1989 La maison de la mort
2000 Le jeune homme et la mort
2015 Meurtre indexé
2036 Les désarrois du Professeur Sanders

RICE Craig
1835 Maman déteste la police
1862 Justus, Malone & Co

1899 Malone cherche le 114
1962 Malone met le nain au violon

RUTLEDGE Nancy
1830 La femme de César

SEELEY Mabel
1885 Il siffle dans l'ombre

SIMPSON Dorothy
1852 Feu le mari de madame

TEY Josephine
2094 Jeune et innocent
2137 En trompe l'œil

THOMSON June
1857 Finch se jette à l'eau
1948 Dans la plus stricte intimité
1995 Bouillon de minuit

UHNAK Dorothy
2093 Le Registre
2109 La main à l'appât

ULLMAN A. & FLETCHER L.
2075 Raccrochez, c'est une erreur

VARGAS Fred
1827 Les jeux de l'amour et de la mort
(Prix du Festival de Cognac 1986)

Composition réalisée par COMPOFAC - PARIS

IMPRIMÉ EN FRANCE PAR BRODARD ET TAUPIN
Usine de La Flèche (Sarthe).
ISBN : 2 - 7024 - 2486 - 4
ISSN : 0768 - 1070

H 52/0657/8